SIDNEY SHELDON

Die zehn Fragen

SIDNEY SHELDON

Die zehn Fragen

Roman

Deutsch von W. M. Riegel

Deutsche Originalausgabe
Originaltitel: The Money Tree

Orbis ist ein Unternehmen in der Verlagsgruppe
Bertelsmann GmbH, München

Umschlagentwurf: S/L-Kommunikation
Umschlagfoto: Christian Heeb/LOOK
Made in Germany
ISBN 3-572-00968-5

1. Kapitel

Dies ist die Geschichte eines Mannes, der so reich und mächtig war, daß er sich weigerte zu sterben. Nun ja, das ist eigentlich nicht die ganze Wahrheit. Tatsache ist, sein Leib ist durchaus tot und begraben. Aber sein Geist ist noch lebendig. Jedenfalls im Fernsehen, genau gesagt.

Er hieß Samuel Stone, und unsere Geschichte beginnt mit seiner gierigen Familie bei der Öffnung seines Testaments:

Sie sind natürlicherweise alle sehr aufgeregt, weil Samuel Stone ein ziemliches Vermögen hinterlassen hat, nämlich einhundert Millionen Dollar, und sie alle können es gar nicht erwarten, ihren Anteil davon in die Finger zu bekommen, jeder möglichst gleich alles.

In dem großen Raum in der Villa Stone, der die Bibliothek genannt wird, befinden sich seine Witwe, sein Neffe, dessen Rechtsanwalt, ein Butler, eine Zofe und noch ein entfernter Vetter namens David.

Dieser David ist ein zurückhaltender und anständiger junger Mann, der einer wohltätigen Stiftung vorsteht und hofft, einen tüchtigen Batzen des Vermögens des Samuel Stone zu ergattern, um dieses Geld dann an die

Armen zu verteilen. Weil Samuel Stone aber gar nichts von Stiftungen hielt, hatte er Davids Stiftung gerade mal tausend Dollar gespendet.

Und Stones Witwe erklärt: »Nicht einen Cent gebe ich für die Armen! Ich kaufe mir den teuersten Schmuck der Welt, eine Jacht und ein Schloß in Frankreich – und das ist erst der Anfang!«

Der Rechtsanwalt von Samuel Stone sagt: »Sam hat mir versprochen, daß ich einen fetten Brocken von seinem Nachlaß bekomme. Schließlich war ich viele Jahre lang sein Anwalt!«

»Augenblick mal!« ruft der Neffe dazwischen. »Sie sind doch nicht einmal ein Familienmitglied! Das Anrecht auf den größten Teil des Erbes steht mir zu!«

David ist der einzige, der ganz still bleibt.

»Also, was ist jetzt mit der Verlesung des Testaments?« drängt die Witwe. »Ich habe eine Verabredung bei meinem Juwelier!«

»Eine Verlesung direkt wird es nicht«, eröffnet der Anwalt den Versammelten. »Ihr verstorbener Gatte«, wendet er sich an die Witwe, »hat seinen letzten Willen auf Video aufgezeichnet.«

»Was? Von so etwas habe ich noch nie gehört.«

»Oh, ich versichere Ihnen, das ist absolut legal«, sagt der Anwalt. »Wenn Sie also jetzt alle Platz nehmen möchten.«

Er weist sogar jedem einzeln seinen genauen Platz an. Dann nickt er dem Butler zu, der das Fernsehgerät und einen Videorecorder anschaltet. Samuel Stones Gesicht erscheint auf dem Bildschirm. Es ist ein verschlagenes und böses Gesicht, und das ist kein Zufall und paßt auch gut, weil nämlich Samuel Stone in seinem ganzen Leben verschlagen und böse war. Wir werden gleich sehen, daß er auch im Tod nicht viel besser ist.

»Tja, meine liebe Familie«, sagt er auf dem Bildschirm, »ich muß euch also, ob es mir gefällt oder nicht, die hundert Millionen meines hart verdienten Vermögens hinterlassen. Ich hätte natürlich alles wohltätigen Zwecken vermachen können, aber wie ihr alle wißt, bin ich ausdrücklich gegen Wohltätigkeit.«

Der Neffe sagt hoch zufrieden: »Und das bedeutet ja wohl, er hinterläßt alles uns. Wir sind reich!«

»Er hinterläßt es mir«, sagt die Witwe.

Der Anwalt geht dazwischen. »Moment, ja. Auch ich habe immerhin Anspruch auf ...«

Aber Samuel Stone auf dem Bildschirm spricht inzwischen weiter. »Ruhe da unten. Alle! Fangt nicht schon zu streiten an, bevor ich fertig bin! Wir fangen mit dem Personal an.«

Seine Augen auf dem Bildschirm richten sich genau dahin, wo der Butler sitzt. »Sie waren fünfundzwanzig Jahre bei mir.«

Der Butler strahlt. »Ja, Sir.«

»Ich glaube, es hat niemals einen Butler wie Sie gegeben.«

»Sehr freundlich, Sir.«

Doch der Blick Samuel Stones auf dem Bildschirm ist gar nicht freundlich. »In diesen fünfundzwanzig Jahren haben Sie tausend Flaschen von meinem besten Scotch heimlich ausgetrunken und an die fünfzehnhundert meiner besten Zigarren stibitzt und geraucht und sich mit überhöhten Einkaufsrechnungen Tausende Dollar erschlichen.«

Der Butler starrt auf den Bildschirm. »Nein, Sir, ich …«

»Wollen Sie vielleicht mit einem Toten darüber streiten?«

»Nein, Sir.«

»Na also. Ich gebe Ihnen zehntausend Dollar in bar, vorausgesetzt, Sie bleiben im Hause.«

Der Butler lächelt schon wieder. »Vielen Dank, Sir.«

Jetzt wendet sich die Gestalt auf dem Bildschirm in die Richtung des Platzes, auf dem die hübsche, junge Zofe sitzt.

»Hallo, Marie.«

Marie wird rot. »Guten Tag, Mr. Stone.«

Samuel Stone lächelt ihr zu. »Sie sind in meinem Haushalt noch ziemlich neu. Viel zu tun, hatten Sie noch keine Zeit. Aber was Sie taten, machten Sie sehr gut, meine Liebe. Ich vermache Ihnen zehntausend Dollar, auch vorausgesetzt, Sie bleiben im Hause.«

»Danke, Mr. Stone.«

Jetzt wendet sich Samuel Stone am Bildschirm dem

Rest der Versammelten zu. »Allen anderen meiner Erben hinterlasse ich hundert Dollar wöchentlich.«

Einen Augenblick herrscht völlig verblüffte Stille. Die Witwe starrt wie vor den Kopf geschlagen auf den Bildschirm.

»Das kannst du doch nicht machen!« ruft sie. »Was ist mit den hundert Millionen?«

»Wahrscheinlich«, spricht da Samuel Stone auf dem Bildschirm bereits weiter, »fragt ihr jetzt, was denn mit den hundert Millionen ist. Tja, wenn ihr die finden wollt, dann müßt ihr euch schon sehr schlau anstellen. Der einzige Spaß, den ich in meinem Leben hatte, war Geldverdienen und Rätsellösen. Ich werde euch jede Woche einen Hinweis zum Auffinden eines Teils meines Vermögens geben. Die eine Woche mag es ein versunkener Schatz sein, die nächste Woche kann es sich vielleicht um zehn Millionen in Form von Goldbarren handeln. Wer es findet, dem gehört es.«

Die Witwe ist kreidebleich vor Zorn. »Das kannst du doch nicht machen!« sagt sie noch einmal zum Bildschirm hin.

»Doch, das kann ich«, kommt Samuel Stones Antwort von dort sogleich wieder.

Es ist, als sei er wirklich mit im Raum und wüßte alles, was sie sagen.

»Das einzige, worauf ich dabei bestehe«, fährt er fort, »ist, daß ihr alle hier im Haus zusammen leben müßt, wo jeder den anderen genau im Auge behalten kann.«

Samuel Stone lächelt ihnen zu. Es ist ein hintersinniges Lächeln. »Das wäre alles für jetzt. Dann bis nächste Woche. Paßt mir gut auf Olivia auf.«

Der Bildschirm wird schwarz.

In der Bibliothek aber ist die Hölle los.

»Der Mann ist verrückt!«

»Das ist doch gar nicht zulässig!«

Der Anwalt hebt die Hand hoch. »Augenblick noch, darf ich um allgemeine Aufmerksamkeit bitten. Es tut mir leid, aber das hier ist durchaus zulässig und rechtlich in Ordnung. Und auf jeden Fall *ist* er damit durchgekommen bei Gericht. Wir haben seinen Anweisungen zu folgen, oder keiner bekommt auch nur irgend etwas.«

»Dieser bösartige, alte Mann«, schimpft die Witwe. »Das soll er mir büßen.«

»Wie denn?« fragt der Neffe. »Bekanntlich ist er schon tot.«

»Genau wie wir!« sagt die Witwe. »Das Geld finden wir nie.«

»Moment mal!« ruft jetzt sogar David. »Wer ist denn Olivia?«

»Sein Papagei!«

David versinkt in kurzes Nachdenken. »Dann muß das bereits der erste Hinweis gewesen sein.«

Jetzt sind alle aufgeregt. »Natürlich, richtig! Das könnte ein Hinweis sein. Es war das einzige, was er sagte, das als Hinweis in Frage kommt.«

David sieht zu, wie alle sofort auf den Papageienkäfig zustürzen.

»Hallo!« sagt der Neffe. »Möchte Polly vielleicht ein wenig prima Vogelfutter?«

Der Papagei krächzt: »Kawatsch, Kawatsch! Hau ab. Ich sag' nichts, ich sag' nichts.«

Die Witwe säuselt: »Du sagst uns den Hinweis, und wir geben dir viele schöne Fressi!«

Der Papagei krächzt: »Hau ab, Metze!«

»Wieso nennt er dich eine Metze?« fragt der Neffe.

»Könnte ein Hinweis sein«, sagt David.

Der Papagei krächzt wieder etwas: »Hinweis, Winheis, Michel, Angel.«

»Das ergibt keinen Sinn«, sagt der Anwalt.

Aber David widerspricht. »Tut es schon! Setzt das mal zusammen! Metze, das kann ein Steinmetz sein, und ein Steinmetz kann auch Bildhauer sein. Und Michel Angel könnte Michelangelo bedeuten. Nicht?«

»Genau, das ist es! Samuel besitzt doch einen Michelangelo! Der muß Millionen wert sein!«

»Wo ist der?« fragt der Neffe.

»In Los Angeles, im Museum.«

Und so begann das Rennen um den ersten Teil des Vermögens von Samuel Stone. Die ganze Familie setzte sich ins Auto und veranstaltete ein Rennen, wer zuerst in dem Museum war, um den Anspruch auf die Statue zu erheben. Alle träumten sie bereits davon, was sie mit dem vielen Geld tun würden, sobald sie es hätten.

Alle außer David.

David war nur daran interessiert, das Geld, damit davon den Armen geholfen werden konnte, seiner Wohltätigkeitsstiftung zuzuführen, die er ausgerechnet nach Samuel Stone benannt hatte.

Der erste, der den Museumsdirektor erwischte, war der Anwalt.

»Was kann ich für Sie tun?« fragte der Direktor.

»Tja«, sagte der Anwalt, »soviel ich weiß, haben Sie hier eine Statue von Michelangelo stehen, die Mr. Stone gehört.«

»Das stimmt, ja.«

»Ich bin sein Anwalt, und ich möchte sie abholen.«

In diesem Augenblick kam die Witwe herbei. »Halt! Stopp!« rief sie. »Diese Statue gehört mir! Verpacken Sie sie in eine Kiste und ...«

Aber da tauchte auch schon der Neffe auf. »Er wollte, daß ich die Statue bekomme!« behauptete er. Und zu dem Direktor sagte er: »Ich nehme sie gleich mit.«

»Bedaure«, sagte der Kurator, »aber niemand von Ihnen kann diese Statue mitnehmen.«

»Wieso denn nicht?« fuhren ihn alle böse an.

»Weil sie gerade Teil einer Ausstellung ist. Sie kann frühestens in einer Woche abgeholt werden.«

Die Witwe funkelte ihn böse an. »Eine Woche? So lange kann ich auf keinen Fall warten.«

»Das tut mir sehr leid«, sagte der Museumsdirektor, »aber so sind die Vorschriften. Alle Gegenstände einer Ausstellung müssen bis zu deren Beendigung dableiben.«

Sie sahen sich alle frustriert an.

Aber glaubt Ihr vielleicht, liebe Leser, daß sie deshalb aufgegeben hätten? Nicht doch. Dreimal nein. Wir müssen uns nur daran erinnern, daß sie alle überaus geldgierige Leute waren, wie wir schon gesagt haben.

Alle dachten sich nun etwas aus. Nämlich einen Plan, wie sie die Statue stehlen könnten.

Weil sie alle das Erbvermögen nicht mit den anderen teilen wollten, dachte sich jeder seinen eigenen Plan aus.

In der folgenden Nacht brach der Anwalt in das Museum ein und schlich sich auf Zehenspitzen an den anderen Ausstellungsgegenständen vorbei bis zu der Statue. Als er angekommen war, streichelte er sie liebevoll und sagte: »Eine Million, und sie gehört mir!«

Er machte sich daran, die Figur hochzuheben, aber in diesem Moment ging auch schon der Alarm los, und der Raum war im nächsten Augenblick taghell erleuchtet. Er fuhr herum. In der Tür standen der Museumsdirektor und zwei Aufseher.

»Was machen Sie denn da?« wollte der Direktor wissen.

»Ach, ich ... ich wollte mir die schöne Figur nur noch einmal ansehen ...«

»Mitten in der Nacht? Das können Sie gerne tun, wenn das Museum geöffnet ist.«

»Ja, sicher«, nickte der Rechtsanwalt.

Sie sahen ihm nach, wie er sich schleunigst verzog.

»Behaltet mir die Statue gut im Auge«, wies der Direktor die Aufseher an.

Am nächsten Morgen kam die Witwe in das Museum. Sie schob auf einem Rollstuhl eine in eine Decke gehüllte Gestalt vor sich her.

Beim Museumsdirektor stand bereits David und sprach mit ihm.

»Guten Morgen«, sagte er.

Die Witwe nickte kurz. »Guten Morgen. Ich fahre nur einen Freund von mir, der sie zu sehen wünscht, zu der Statue. Er ist ein großer Kunstliebhaber.«

Sie sahen beide der Witwe nach, wie sie in den nächsten Saal verschwand, in dem die Statue stand.

Als sie angekommen war, sah sich die Witwe vorsichtig um, ob auch niemand in der Nähe war, dann zog sie schnell die Decke von dem Rollstuhl weg. Es saß überhaupt niemand darin, nur oben war ein Hut, unten standen Schuhe, und auf dem Sitz lagen einige Männerkleidungsstücke.

Sie griff sich hastig das Hemd davon, begann es der Statue anzuziehen, setzte sie daraufhin in den Rollstuhl und zog ihr den Hut ins Gesicht.

Geschafft! dachte sie triumphierend. *Ich bin raffinierter als alle anderen zusammen. Die Figur ist mein.*

Und sie schob ihren Rollstuhl davon, zum Ausgang.

Als sie an David und dem Direktor vorbeikam, lächelte sie und wünschte beiden einen guten Tag.

»Dir auch«, sagte David freundlich und zog die Decke von dem Rollstuhl, so daß die Statue zum Vorschein kam.

Der Direktor war baff. »Was ... was soll denn das bedeuten?«

»Wenn Sie mich fragen«, sagte David, »dann war das ein Versuch, die Statue hinauszuschaffen, damit sie ein wenig frische Luft schnappen kann.«

Der Museumsdirektor sagte zur Witwe: »Madame, ich schlage vor, *Sie* schnappen ein wenig frische Luft. Die Statue lassen wir doch lieber hier.«

Samuel Stones geldgieriger Neffe hatte seinerseits einen eigenen Plan, und dieser hätte sogar fast geklappt. Er mietete sich einen Hubschrauber, der ihn in der nächsten Nacht über das Museum flog und über einem Oberlicht im Dach stehenblieb.

»Gut«, sagte der Neffe, »und jetzt lassen Sie mich hinunter.«

Der Pilot ließ ihn an einem Seil hinab zu dem Oberlicht, das der Neffe spielend öffnete, und durch diese Luke bis zum Boden des Museums. Dort sah sich der Neffe sorgfältig um. Als er festgestellt hatte, daß niemand da war, umfaßte er die Statue mit beiden Armen und ruckte zweimal am Seil, als Zeichen für den Piloten, ihn wieder hochzuziehen.

Er spürte, wie er langsam wieder nach oben schwebte. Die Figur hielt er fest an sich gepreßt.

Geschafft! dachte er. *Ich habe es geschafft. Sie gehört mir, ich habe sie alle ausgestochen!*

Er und die Statue schwebten bereits über dem Gebäude. Unten stand ein Lastauto bereit, das die Figur abtransportieren sollte.

»Runter!« rief er voller Freude. »Ich habe es geschafft, ich habe es geschafft. Los jetzt, weg!«

Bedauerlicherweise für den Neffen hatten allerdings David und der Museumsdirektor das Unternehmen beobachtet. Und David hatte in dem Lastauto den Platz des Fahrers eingenommen.

»Sind schon unterwegs!« rief David hinaus.

Und er fuhr das Auto direkt zum Lieferantentor des Museums.

Die Figur war wieder da, wo sie hingehörte.

Eine Sitzung war im Gange. Obwohl alle Familienmitglieder einander haßten, waren sie zu der Einsicht gekommen, daß sie, wenn sie in den Besitz der Statue kommen wollten, wohl oder übel zusammenarbeiten mußten.

»Ich sage euch, was wir tun müssen«, erklärte die Witwe. »Wir verschaffen uns die Figur und teilen uns den Erlös.«

Nur David sollte von der Gruppe ausgeschlossen bleiben. »Er ist einfach zu ehrlich«, sagte die Witwe.

»Wenn er an das Geld käme, würde er nur alles für Wohltätigkeit ausgeben. Das wäre doch eine ungeheure Verschwendung!«

Dieser Meinung waren auch alle anderen.

»Wir brauchen ihn nicht«, sagte der Neffe. »Wir teilen das Geld unter uns auf.«

»Aber wie kommen wir nun an die Figur?« fragte die Witwe.

»Da habe ich einen Plan«, sagte der Anwalt, »der kann gar nicht schiefgehen.«

Alle hörten eifrig zu, als er ihnen auseinandersetzte, wie sie es machen sollten.

Der Neffe grinste wie ein Honigkuchenpferd. »Das ist gut«, sagte er. »Sie haben völlig recht, da kann gar nichts schiefgehen.«

David saß inzwischen bei dem Museumsdirektor. »Ich bin sehr besorgt«, sagte er. »Ganz bestimmt haben sie es nicht aufgegeben und wollen die Figur immer noch stehlen.«

»Aber wie sollten sie denn? Sie ist doch bestens bewacht.«

»Das genügt nicht«, sagte David. »Aber ich habe da eine Idee.«

Und er erläuterte sie. Der Museumsdirektor war geradezu entsetzt.

»Meinen Sie das etwa ernst?«

»Absolut.«

Am letzten Tag der Ausstellung kamen die Witwe, der Neffe und der Rechtsanwalt mit verschiedenen Taschen und Koffern in das Museum und gingen direkt zu der Michelangelo-Statue. Als sie dort allein waren, machten sie ihre Taschen auf und holten einzelne Teile einer vorgefertigten Figur heraus, die sie zusammensetzten, Arme, Beine, Rumpf, Kopf.

Als sie damit fertig waren, hatten sie eine Statue, die der echten von Michelangelo zum Verwechseln glich.

»Und jetzt«, sagte der Anwalt, »kommt der raffinierte Teil.«

Sie holten alle weiteren Einzelteile aus Gips heraus und klebten sie an die echte Statue – Falten, eine längere Nase, dickere Lippen –, bis die echte Figur wie eine schlechte Fälschung aussah. Dann tauschten sie die echte und die nachgemachte aus.

Der Direktor kam herbei, warf einen Blick auf alles und rief aus: »Was machen Sie denn da?«

»Nichts«, sagte die Witwe scheinheilig. »Wir dachten uns, daß das Museum vielleicht an einer zweiten Statue interessiert ist. Wir schenken sie Ihnen.«

Der Direktor besah sich die verfälschte echte Statue mit den faltigen, dicken Lippen und der langen Nase und sagte: »Schaffen Sie diese billige Fälschung fort von hier!« Er merkte nicht, daß er tatsächlich von der echten Figur sprach.

»Meinen Sie das im Ernst, daß wir sie wegschaffen sollen?«

»Absolut!«

Der Anwalt blinzelte den anderen zu. »Na gut, dann schaffen wir sie eben weg.«

Der Neffe half ihm, die Figur hochzuheben, und so marschierten sie aus dem Museum hinaus, mit dem echten Michelangelo. Sie waren ganz außer sich vor Freude.

»Es hat geklappt!« krächzte die Witwe. »Zehn Millionen Dollar, und alles unser! Wir haben sie drangekriegt!«

David war diesmal nicht draußen vor dem Museum, um sie aufzuhalten. Sie stellten die Figur auf der Eingangstreppe zum Museum kurz ab, um sich auszuruhen.

»Zehn Millionen!« sagte die Witwe noch einmal begeistert. »Jetzt kann ich mir die Jacht kaufen!«

Und der Neffe sagte: »Ich kaufe mir eine Wohnung in Paris.«

Und der Anwalt sagte: »Ich kaufe ein neues Haus für meine Kanzlei.«

Um die Ecke kam ein kleiner Junge auf Rollschuhen. Niemand achtete auf ihn, als er sich auf eine Bank setzte und seine Rollschuhe abschnallte.

»Also, weiter«, drängte die Witwe, »machen wir, daß wir sie wegkriegen von hier, bevor man uns auf die Schliche kommt.«

»Richtig«, pflichtete ihr der Neffe bei. Zusammen mit dem Anwalt hob er die Statue wieder hoch. Als sie die Treppenstufen hinabstiegen, trat der Neffe aber auf einen der Rollschuhe des Jungen, stolperte, rollte die restliche Treppe hinunter und ließ die Statue fallen.

Sie standen alle reglos da und starrten entsetzt auf die hundert Trümmer, in die die Statue zerbrochen war.

»O mein Gott!« klagte die Witwe. »Jetzt schau dir an, was du gemacht hast. Da liegen zehn Millionen Dollar in Scherben!«

Nicht einer von ihnen verschwendete auch nur einen Gedanken daran, daß sie tatsächlich ein unersetzliches, herrliches Kunstwerk zerstört haben könnten.

David kam gerade noch rechtzeitig, um zu sehen, was geschehen war. Er ging an ihnen vorbei in das Museum und in das Büro des Direktors. Dort stand die wirklich echte Michelangelo-Statue.

Der Direktor lächelte. »Sie haben völlig recht gehabt. Hätte ich nicht, wie Sie vorgeschlagen haben, eine billige Kopie der Figur anfertigen lassen, dann läge jetzt ein echter Michelangelo in Trümmern. Wie es meine Anweisungen verlangen, werde ich diese echte Figur demjenigen der Erben übergeben, der sie nach dem Ende der Ausstellung als erster einfordert.« Er sah auf die Uhr und sagte: »Und die Ausstellung ist – jetzt zu Ende.«

»Ich fordere sie ein«, sagte David.

Der Direktor nickte. »Und damit gehört sie Ihnen. Ich habe bereits mit dem Museumsvorstand gesprochen. Man ist sehr daran interessiert, sie anzukaufen. Ich bin ermächtigt, bis zu zehn Millionen Dollar zu gehen.«

»Abgemacht«, sagte David lächelnd.

»Auf wen möchten Sie den Scheck ausgestellt haben?«

»Schreiben Sie ihn auf die Wohltätigkeitsstiftung Samuel Stone aus«, flüsterte David.

Der Direktor sah ihn erstaunt an. »Warum flüstern Sie denn?«

David deutete nach oben zum Himmel. »Ich will nicht, daß er es hört«, sagte er.

Unnötig zu sagen, daß die anderen ausgesprochen wütend waren, als sie alles erfuhren. Und noch wütender waren sie, daß David das ganze schöne Geld der Wohltätigkeit gab.

»Das kommt uns nicht noch einmal vor«, schworen sie sich. »Das nächste Mal sorgen wir dafür, daß wir das Geld bekommen.«

In der folgenden Woche waren sie auftragsgemäß wieder alle in der Bibliothek des Hauses Stone versammelt, um die Einzelheiten der nächsten Schatzsuche zu erfahren.

Wieder schaltete der Butler den Fernseher und den Videorecorder an, und es erschien erneut das Gesicht von Samuel Stone auf dem Bildschirm.

»Guten Morgen«, sagte er.

Alle murmelten automatisch ebenfalls: »Guten Morgen.«

Samuel Stones Blick wanderte vom Bildschirm über sie alle hin. »Nun, inzwischen hat ja wohl einer von euch die Statue gefunden, nehme ich an. Und meiner Vermutung nach hat euch jetzt die Gier in den Klauen, und ihr seid deshalb alle wieder hier versammelt.«

Sein Blick blieb auf David haften.

»Alle außer dir, David, natürlich. Ich hoffe nur, daß du nicht derjenige bist, der die Figur gefunden und bekommen hat. Der Gedanke, daß du das gesamte schöne Geld aus dem Erlös an ungewaschene kleine Waisenkinder verschwenden könntest, macht mich ganz krank.«

David antwortete nur mit einem Achselzucken.

Samuel Stones Blick wanderte weiter. »Na gut, seid ihr bereit für den nächsten Hinweis? Weitere zehn Millionen warten auf einen von euch.«

Jeder beugte sich gespannt vor und lauschte aufmerksam.

»Hier ist der Hinweis ...«

2. Kapitel

Vorsicht! Aufpassen! Meine Herren, überprüfen Sie Ihre Brieftaschen, ob auch noch alles Geld da ist! Die Damen, kontrollieren Sie, ob Ihnen kein Schmuck entwendet wurde! Sie werden sich sogleich inmitten einer Bande Diebe befinden.

Wir sind wieder in Samuel Stones wunderschöner Villa. Stone, einer der reichsten Männer der Welt, ist vor zwei Wochen verstorben. Er hinterließ eine schöne junge Witwe, einen Neffen und einen Rechtsanwalt. Alle drei hoffen, Samuel Stones Geld zu erben. Alle sind sie so gierig danach, daß sie dafür notfalls selbst einen Mord begehen würden.

Der einzige Anständige unter ihnen ist ein junger Mann namens David. Er ist Vorstand der Wohltätigkeitsstiftung Stone. Wenn er an das Geld kommt, will er es den Armen und Obdachlosen geben.

Als sie in der vorigen Woche alle zur Testamentsverlesung versammelt waren, hatte ihnen der Anwalt eröffnet, daß sie in der Bibliothek von Samuel Stone vor einem großen Fernsehgerät Platz nehmen mußten. Der Butler hatte die Geräte eingeschaltet, und daraufhin war Samuel Stone auf dem Bildschirm erschienen.

»Ich weiß«, hatte der tote Mann gesagt, »daß ihr alle hinter meinem Geld her seid. Aber ihr müßt schon selbst herausknobeln, wo es sich befindet. Ich war immer ein großer Rätselfreund, und ich gebe euch jetzt jede Woche ein Rätsel auf, wo sich mein Vermögen befindet.«

In der Woche zuvor war der erste Schatz eine Statue von Michelangelo gewesen. David hatte sie als erster gefunden und eingefordert, und der Gelderlös davon wanderte in die Wohltätigkeit. Die anderen waren darüber entsetzlich wütend. Sie hielten nichts davon, Arme zu unterstützen. Sie wollten lieber sich selbst helfen.

Jetzt, wo unser neues Abenteuer beginnt, sitzen sie also wieder vor dem großen Bildschirm in der Bibliothek und warten auf den Rätselhinweis für die zweite Schatzsuche. Sie beobachten Samuel Stone auf dem Bildschirm intensiv, während dessen Blick über sie hinwandert.

»Also, ihr lieben, geldgierigen Leute«, dröhnt seine Stimme durch den Raum, »hört gut zu und paßt auf. Wir wollen sehen, ob ihr intelligent genug seid, dieses Rätsel zu lösen. Etwas ist *fishy* damit, und es ist zu dumm, daß Diamond John Brady nicht da ist, um euch zu helfen. Ihr seid alle sterblich, keiner von euch ist Gott. Das ist alles. Ich hoffe, ihr kriegt es nicht raus.«

Damit ist die Mitteilung zu Ende. Der Fernseher wird abgeschaltet.

Alle sahen sich ratlos an.

Der Anwalt sagte: »Soll das alles sein?«

Die hübsche, junge Witwe sagte: »Was sollen das für Hinweise sein? Das sagt einem doch gar nichts!«

Und der Neffe sagte: »Unmöglich, so was. Den Schatz finden wir doch nie.«

Da meldete sich David. »Wir müssen genau darüber nachdenken, was er sagte.«

Sie gingen zusammen hinaus auf die Terrasse, wo sich ein großer Swimmingpool befand. An dessen Ende stand eine schöne Neptunstatue, aus deren Mund Wasser in den Pool floß.

Der Butler servierte Getränke, während sie alle dasaßen und darüber diskutierten, was ihnen mitgeteilt worden war.

Selbst David räumte ein: »Viel ist das nicht, was wir erfahren haben. Deshalb müssen wir es aber um so genauer untersuchen.«

»Was da schon groß zu untersuchen ist!« erklärte die Witwe wegwerfend.

Der Neffe sagte: »Onkel Samuel gab selbst zu, daß an der Sache etwas *fishy* ist, also faul.«

»Ja, aber seht ihr denn das nicht?« sagte David. »Das muß der Hinweis sein! Vielleicht hat es ja etwas mit Fischen zu tun.«

»Ja, und was ist mit diesem Diamond John Brady?« fragte der Anwalt. »Wer soll das sein?«

David dachte kurz nach. Dann sagte er: »Diamond

John Brady lebte um 1900. Er war ein berüchtigter Spieler und hatte ständig eine Menge Frauen um sich.«

»Was das schon für ein Hinweis ist!« sagte die Witwe abschätzig.

»Noch an etwas erinnere ich mich«, sagte David. »Er hatte einen unmäßigen Appetit. Er konnte sechs Steaks und zwei Dutzend Austern auf einmal essen.«

Der Neffe tat das ab. »Wen interessiert denn, was der Mann aß? Das hilft uns nicht weiter.«

»Moment mal!« sagte David. »Ich hab's! Austern! Was findet man in Austern?«

Und alle riefen wie aus einem Mund: »Perlen!«

»Genau! Und das ist der Hinweis mit dem Wort *fishy*! Nach meiner Meinung müssen wir eine sehr kostbare Perle suchen: herausfischen!«

»Da dürften Sie recht haben«, sagte der Anwalt. »Jetzt müssen wir diese Perle nur noch finden.«

Die schöne junge Witwe sagte: »Die größten Chancen haben wir, wenn wir alle zusammenarbeiten. Alle für einen und einer für alle.«

»Absolut!« stimmten alle anderen zu.

Aber in Wahrheit hatte keiner die mindeste Absicht dazu. Jeder wollte den Schatz allein für sich haben.

Der Butler, der ihnen das Essen servierte, sagte: »Entschuldigen Sie, aber ich habe, ganz unabsichtlich, alles mitgehört. Mr. Stone hatte einmal eine Haushälterin mit Namen Pearl. Perle. Könnte es vielleicht sein, daß das mit der Suche nach diesem Schatz zu tun hat?«

Sogleich war klar, daß dies der Hinweis sein mußte, nach dem sie suchten.

Doch die Witwe rief: »Nein, nein! Pearl ist überhaupt keine Hilfe in der Sache.«

Aber da log sie.

Auch der Neffe stimmte ein: »Nein, das ist eine ganz absurde Idee.«

»Ganz meine Meinung«, erklärte der Anwalt ebenfalls. »Wie sollte denn eine Haushälterin davon etwas wissen?«

David aber sagte nichts.

In der folgenden Nacht, als sie glaubte, alle schliefen fest, schlich sich die hübsche junge Witwe in Samuel Stones Bibliothek hinunter und begann, seinen Schreibtisch zu durchsuchen. Eine Menge Papiere waren dort, aber unter diesen verborgen fand sie ein Büchlein mit Telefonnummern. Darin stand auch die Adresse von Pearl, der früheren Haushälterin. Sie notierte sie sich und ging wieder zurück ins Bett.

Eine Stunde später kam auch der Anwalt heimlich, still und leise in die Bibliothek und tat exakt dasselbe.

Und ein paar Minuten darauf der Neffe.

Und schließlich als letzter noch David.

Am Morgen war die Witwe als erste früh auf und aus dem Haus auf dem Weg zum Haus von Pearl, der früheren Haushälterin von Samuel Stone.

Es war allerdings nicht eigentlich ein Haus, sondern

eher eine armselige Hütte in einer ganz armseligen Gegend.

Pearl war eine schon ältere schwarze Frau, bereits über siebzig, mit grauen Haaren und glanzlosem Blick. Dazu hatte sie allen Anlaß. Das Leben hatte es nicht gut mit ihr gemeint. Die meiste Zeit hatte sie für Samuel Stone hart gearbeitet, und man wußte schließlich, daß dieser mit Leichtigkeit jeden Wettbewerb um den gemeinsten Menschen der Welt gewonnen hätte.

Trotzdem war ihm Pearl sehr ergeben gewesen. Sein Lohn dafür war, daß er ihr so gut wie nichts bezahlte, sie ständig mißhandelte und ausnutzte und schließlich, als sie krank wurde, einfach hinauswarf. Jetzt saß sie ganz allein in ihrer winzigen, schäbigen Unterkunft ohne Geld und Arbeit.

Auftritt Samuels Witwe. Kommt hereingeplatzt, ruft: »Sie müssen Pearl sein, wie? Ich bin Mrs. Samuel Stone!«

Bei diesem Namen überläuft es Pearl eiskalt. Er bringt ihr viele böse Erinnerungen zurück. »Ich habe nichts getan«, sagt sie, »lassen Sie mich allein.«

Die Witwe sieht sich in der kleinen Hütte um. »Sie allein lassen? Aber nicht doch! Ich bin hier, um Ihnen zu helfen!«

Pearl sieht sie mißtrauisch an. »Wieso sollten Sie mir helfen wollen?«

»Weil ich gehört habe, daß mein Mann Sie sehr

schlecht behandelt hat. Das will ich wiedergutmachen!«

»Was wollen Sie?«

»Ja doch! Wie können Sie nur so leben hier? Das ist ja schlimm! Also, als erstes suchen wir Ihnen mal eine anständige Wohnung.«

»Ich kann mir keine Wohnung leisten.«

»Aber ich«, versichert ihr die Witwe. »Noch heute nachmittag ziehen Sie um.«

Die Witwe weiß genau, was sie tut. Nämlich Pearl hier wegholen und an einen Ort bringen, von dem die anderen nichts wissen.

Tatsächlich zog Pearl noch am selben Nachmittag in eine schöne Wohnung in der Stadt mit großen, hellen Zimmern und eingerichtet mit wunderschönen antiken Möbeln.

»Es ist sehr nett von Ihnen, daß Sie das für mich tun«, sagte Pearl.

»Gar keine Ursache«, säuselte die Witwe. »Allerdings können Sie jetzt auch etwas für mich tun.«

»Gewiß. Was in meiner Macht steht. Soll ich Ihnen das Haus sauberhalten?«

»Nein, nein. Aber Sie haben für meinen Mann doch vor meiner Ehe mit ihm gearbeitet. Haben Sie da mit ihm vielleicht öfter längere Gespräche geführt?«

Pearl starrte sie verständnislos an. »Längere Gespräche? Er sprach nur mit mir, wenn er mich anschrie.«

Aber die Witwe gab nicht so leicht auf. Es war ihr klar, daß Pearl irgend etwas mit diesem Perlenschatz zu tun haben mußte.

»Er muß Ihnen irgendwann etwas gesagt haben«, drang sie weiter in Pearl. »Vielleicht etwas von einem versteckten Schatz?«

Pearl dachte bei sich: *Die Frau hat einen Knall. Was sollte ich wohl von einem verborgenen Schatz erfahren haben?*

Der Neffe war der nächste, der Pearl aufstöberte. Das war nicht einmal schwer gewesen. Die Witwe wußte nicht, daß Pearl bei ihrem Umzug eine Nachsendeadresse hinterlassen hatte. Als der Neffe in ihrer neuen Wohnung ankam, war die Witwe bereits wieder fort.

»Sie sind also Pearl«, sagte der Neffe. »Mein Onkel hat mir viel Gutes über Sie erzählt.«

In Wirklichkeit hatte sein Onkel natürlich niemals auch nur das kleinste Sterbenswörtchen von Pearl erwähnt.

»Gutes? Über mich?« sagte Pearl. Das war denn doch schwer zu glauben.

»Doch, doch«, versicherte ihr der Neffe. Er sah sich um. »Wunderschöne Wohnung haben Sie da.«

»Die habe ich von Mrs. Stone bekommen«, sagte Pearl.

Aha! dachte der Neffe. *So ist das, sie versucht, Pearl zu bestechen!* »Der Winter steht vor der Tür, Pearl«, sagte er. »Haben Sie einen Pelzmantel?«

Pearl sah ihn erstaunt an. »Ich? Einen Pelzmantel? Natürlich nicht.«

»Natürlich schon!« sagte der Neffe und strahlte sie an. »Wir gehen jetzt sofort los und kaufen Ihnen einen Nerzmantel.«

Der spinnt genauso, dachte Pearl. *Wieso sollte irgend jemand mir einen Pelzmantel kaufen wollen?*

Aber nach einer Stunde hatte sie den wunderschönsten Nerzmantel an, den man sich denken konnte.

»Ich weiß gar nicht, wie ich Ihnen danken soll«, sagte sie zu dem Neffen.

»Das können Sie durchaus. Erzählen Sie mir nur, was Ihnen Mr. Stone zu sagen hatte.«

»Worüber?«

»Na, Sie wissen schon. Über den Schatz. Mir können Sie es sagen, ich sage es bestimmt nicht weiter.«

»Von welchem Schatz denn nur?« sagte Pearl und runzelte die Stirn.

»Ach, kommen Sie, Pearl, mir gegenüber brauchen Sie doch keine Ausflüchte zu machen. Er hat Ihnen sicher gesagt, wo er einen Teil seines Vermögens versteckte, oder?«

Aber Pearl schüttelte den Kopf. »Ehrlich, ich habe nicht die mindeste Ahnung, wovon Sie reden.«

Er ging schließlich, völlig enttäuscht.

Der nächste, der Pearl fand, war der Rechtsanwalt. Als er ihre neue Wohnung betrat, trug sie noch immer den nagelneuen Nerzmantel.

»Das ist aber eine wunderschöne Wohnung«, sagte der Anwalt. »Und was für einen herrlichen Mantel Sie haben.«

»Die Wohnung habe ich von Mrs. Stone und den Mantel von ihrem Neffen.«

Ach, so läuft der Hase? dachte der Anwalt. *Na schön, das kann ich auch.*

Und er fragte: »Pearl, haben Sie eigentlich ein Auto?«

»Ich? Ein Auto? Ich fahre mit dem Bus.«

»Nein, tun Sie nicht«, sagte der Anwalt. »Von jetzt ab nicht mehr. Was halten Sie von einem hübschen Rolls-Royce?«

Pearl starrte ihn mit großen Augen und offenem Mund an. War jetzt die ganze Welt verrückt geworden? An einem einzigen Tag schenkte man ihr eine schöne Wohnung, einen Nerzmantel und jetzt auch noch einen Rolls-Royce?

»Würde ich viel von halten«, sagte sie.

Noch am selben Nachmittag war sie Besitzerin eines nagelneuen Rolls-Royce.

Der Rechtsanwalt klatschte in die Hände. »Also«, sagte er, »und jetzt zum Geschäft. Wo ist Mr. Stones Perlenschatz?«

Geht das schon wieder los! dachte Pearl. »Mr. Anwalt«, sagte sie, »ich habe keine Ahnung, wovon Sie reden. Zu mir hat Mr. Stone niemals auch nur das kleinste Sterbenswörtchen von irgendeinem Schatz gesagt.«

»Aber natürlich hat er das!«

»Glauben Sie mir, wüßte ich etwas von einem Schatz, dann hätte ich mir den schon längst selbst geholt. Der Mann hat mir Elend genug zugefügt.«

Dem Rechtsanwalt sank der Mut. *Und ich Trottel,* dachte er verbittert bei sich, *kaufe ihr einen Rolls-Royce!*

Schließlich tauchte David bei Pearl auf. Doch im Gegensatz zu den anderen war er sofort offen und ehrlich zu ihr. Und er machte keine Bestechungsversuche.

»Pearl«, sagte er, »wir glauben, daß Sie irgendeinen Hinweis kennen, der zu einem bestimmten Schatz führt, welchen Mr. Stone versteckt hat. Wissen Sie also etwas?«

Pearl betrachtete den jungen Mann. Er sah anständig und ehrlich aus. »Ich würde Ihnen ja gerne helfen«, sagte sie, »aber wenn Mr. Stone schon mal mit mir redete, dann sagte er höchstens: Seien Sie still und halten Sie den Mund, oder: Machen Sie, daß Sie rauskommen.«

Das glaubte ihr David aufs Wort.

Aber damit schienen auch die Möglichkeiten, zu Hinweisen zu gelangen, erschöpft zu sein.

Sie trafen sich alle wieder auf der Terrasse am Pool. Dort saßen sie und starrten die Neptunstatue an, die unablässig Wasser in den Pool spuckte.

»Es hat keinen Sinn«, sagte die Witwe. »Pearl weiß wirklich nichts.«

»Ich glaube«, erklärte David, »wir sind auf dem falschen Dampfer. Wir sollten wahrscheinlich lieber nach einer echten Perle suchen, nicht nach einer Frau, die Perle heißt. Es muß wohl eine Perle sein, die besonders wertvoll ist!«

»Das könnte stimmen!« rief der Neffe. »Wo kommen die besten Perlen her?«

»Die größten jedenfalls kommen von der australischen Küste«, sagte David, »und aus dem Indischen Ozean und vom Golf von Kalifornien und aus der Nähe von St. Thomas in den westindischen Gewässern.«

Der Neffe wurde rot vor Aufregung. »Hat Onkel Samuel an irgendwelchen dieser Orte Häuser gehabt?«

Aller Blicke gingen zu dem Anwalt.

»Tatsächlich«, sagte der Anwalt, »besitzt er ein Haus auf den Westindischen Inseln.«

Und jetzt glaubten sie alle wieder ganz genau zu wissen, daß sie den Schatz gefunden hatten. Alle waren sie wieder gierig. Aber alle taten so, als sei nichts.

»Wahrscheinlich bedeutet das gar nichts«, sagte die Witwe.

Der Neffe stieß in das gleiche Horn. »Ich bin sicher, mit dem Schatz hat das nichts zu tun!«

»Richtig«, pflichtete der Anwalt scheinheilig bei. »Vermutlich ist es nur Zufall.«

Und alle wußten, daß sie alle logen.

Noch in der folgenden Nacht flog die Witwe mit einem eilends gecharterten Flugzeug auf die Westindischen Inseln. Aber auch, jeder mit einem eigenen Flugzeug, der Neffe und der Anwalt und David. Jeder der vier versuchte, dem anderen zuvorzukommen.

Als sie in St. Thomas angelangt waren, fuhr jeder einzeln zu dem wunderschönen Strandhaus, das Mr. Stone dort besessen hatte. Jeder war sicher, die Perle irgendwo in einem Versteck im Wasser in der Nähe dieses Hauses zu finden.

Alle mieteten sie sich Tauchgeräte und gingen damit ins Wasser auf der Suche nach der seltenen und kostbaren Perle. Die Witwe hatte überhaupt keine Taucherfahrung, und es war ihr gar nicht geheuer.

Aber sie schwammen alle vier hektisch unter Wasser herum, stießen sogar zusammen, suchten unter Felsen und jagten wie wild nach dem Versteck des wertvollen Schatzes von Samuel Stone. Das Meer hier war voller Haie und Stachelrochen, und sie gerieten bald in Panik.

Trotzdem suchten sie weiter, überall, bis sie am Schluß erkennen mußten, daß es sinnlos war. Nirgends war das kleinste Anzeichen einer verborgenen Perle zu entdecken gewesen.

»Das ist bitter!« sagte David. »Sieht so aus, als würden wir diesen Schatz nicht finden.«

Und sie zogen sich alle an und flogen wieder heim.

Wieder saßen sie am Pool und debattierten über ihren Fehlschlag.

»Er hat uns einfach keinen richtigen Hinweis gegeben«, klagte die Witwe. »Er war immer schon ein böser, alter Mann. Nicht einmal als Toter hat er sich geändert.«

»Nein, ich glaube nach wie vor, daß die Hinweise vorhanden sind«, erwiderte David. »Wir haben sie nur noch nicht erkannt.«

Doch der Anwalt entgegnete ihm: »Was gibt es da noch zu erkennen? Er hat diesen Diamond John Brady erwähnt und die Sache mit *fishy*. Was sollen das für Hinweise sein? Ach, wenn ich ihn jetzt vor mir hätte, der könnte etwas erleben, das kann ich euch sagen.«

»Am liebsten würde ich ihn verklagen«, schimpfte die Witwe weiter. »Schließlich war der einzige Grund, warum ich ihn heiratete, daß er mir versprach, mir sein ganzes Geld zu hinterlassen.«

»Mir hat er auch eine Menge Geld versprochen«, sagte der Neffe.

David war der einzige, der etwas Mitgefühl für Samuel Stone aufbrachte. »So schlecht war er nicht«, sagte er.

»Wage es nicht, ihn auch noch in Schutz zu nehmen!« kreischte die Witwe zornig.

David dachte: *Eine Schande, daß sie alle an nichts weiter denken als an sein Geld.*

Auch er war durchaus an dem Geld interessiert, aber nicht für sich selbst. Er dachte immer wieder über die geheimnisvollen Hinweise des alten Mannes nach. Ganz offensichtlich hatten sie irgend etwas mit dem Meer zu tun und mit einer Perle. Aber warum hatte er auch von einem Gott gesprochen?

Das Meer und ein Gott ... Wer war der Meeresgott? Neptun! Und David blickte hoch und sah vor sich die Neptunstatue am anderen Ende des Pools.

Mein Gott, das ist es doch! dachte er aufgeregt. *Die Perle muß in dieser Statue versteckt sein! Die ganze Zeit war sie direkt vor unserer Nase, und wir suchen weiß Gott wo in aller Welt danach!*

Die anderen waren so mit Schimpfen und Diskutieren beschäftigt, daß sie gar nicht merkten, wie David aufstand, zu der Neptunfigur ging und sie untersuchte. Sie war aus Bronze und sah perfekt glatt aus. Nur am Bauchnabel war eine kleine Erhöhung. Und da war eine kleine Klappe, die bisher noch niemand bemerkt hatte. David hob sie hoch – und da lag drinnen im Inneren der Statue tatsächlich die größte Perle, die er je gesehen hatte.

Er nahm sie langsam heraus und hielt sie in der Hand.

»Ich habe sie!« sagte er.

Alle sahen zu ihm und erstarrten förmlich. Wie gelähmt glotzten sie auf David, als er zurückkam und ihnen die Perle zeigte.

»Ist sie nicht wunderschön?« fragte er.

»Sie gehört mir!« zeterte die Witwe. »Sie war auf meinem Grund und Boden!«

»Mir gehört sie!« sagte der Neffe.

»Moment mal!« rief der Anwalt wieder dazwischen. »Sie gehört uns allen. Es bleibt genug für jeden!«

»Das ist eine gute Idee«, sagte die Witwe. »Wir teilen den Erlös unter uns auf. Nicht wahr, David?«

Aber David wehrte kopfschüttelnd ab. »Tut mir leid. Kommt alles in die Stiftung Samuel Stone für die Armen.«

Es gab Geschrei und Krach, aber es nützte nichts. Davids Entschluß stand fest.

Alle dachten an die Mühen, denen sie sich unterzogen hatten – das Geld, das sie für Pearl ausgegeben hatten, für eine Wohnung, einen Pelzmantel und einen Rolls-Royce, die vergebliche Reise nach Westindien samt den Gefahren dort von Haien und Stachelrochen. Und das alles für nichts.

»Aber nächstes Mal«, gelobten sie sich, »sind wir an der Reihe.«

Am nächsten Montag versammelten sie sich erneut, um den nächsten Hinweis zu hören. Der Butler schaltete die Geräte ein, und wieder erschien auf dem Bildschirm vor ihnen Samuel Stone.

»So«, sagte er, »jetzt also zum dritten Hinweis. Ich bin ein Selfmademan. Ich bin nicht reich geworden, weil ich Bücher las. Wettet nicht auf die Büchermacher für eure Information und Aufklärung.«

Das war alles. Das Bild verschwand.

Alle waren bereit, die dritte Schatzsuche zu beginnen.

3. Kapitel

Samuel Stone hinterließ ein Vermögen von hundert Millionen Dollar. Aber er war ein böser, alter Mann, und statt sein Geld seinen Verwandten einfach zu vermachen, teilte er es in lauter einzelne Teilschätze auf, die er sie suchen ließ. In seinem Testament hatte er seiner Witwe, seinem Neffen und seinem Rechtsanwalt verkündet, daß sie während dieser Schatzsuche gemeinsam in seinem Haus wohnen müßten. Das tat er, weil er ein Sadist war und genau wußte, daß seine Erben einander haßten. Die einzige weitere Person, die noch dazukam, war ein anständiger, junger Mann, der eine Wohltätigkeitsstiftung für die Armen verwaltete, der er den Namen Samuel Stone gegeben hatte.

Jeden Montag versammelten sie sich in der Bibliothek, und dort wurden das Fernsehgerät und der Videorecorder eingeschaltet, und es erschien Samuel Stone auf dem Bildschirm.

»Ich hoffe, ihr habt den letzten Schatz nicht gefunden«, sagte er diesmal. »Keiner von euch verdient auch nur einen Teil von meinem Geld. Zu schade, daß ich es nicht mitnehmen konnte. Hätte es nur die kleinste Möglichkeit dafür gegeben, ich hätte sie wahrgenommen.«

Sie horchten alle angespannt zu und wandten kein Auge vom Bildschirm.

»So«, sagte er, »jetzt also zum dritten Hinweis. Ich bin ein Selfmademan. Ich bin nicht reich geworden, weil ich Bücher las. Wettet nicht auf die Büchermacher für eure Information und Aufklärung.«

Und schon war er vom Bildschirm verschwunden.

Sie starrten einander betreten an.

»Was ist jetzt das wieder für ein sogenannter Hinweis?« schimpfte die Witwe gleich. »Er hat doch praktisch nichts gesagt.«

»Vielleicht erwartet er, daß wir wieder zur Schule gehen«, sagte der Neffe.

»Selbstverständlich hat er eben dies nicht gemeint«, wandte der Anwalt ein.

»Ja, aber was hat er denn gemeint?« fragte die Witwe. »Wettet nicht auf die Büchermacher. Wer, bitte schön, wettet denn auf Bücher?«

»Wartet!« rief David. »Ich glaube, das ist der Hinweis.«

»Wieso?«

»Wettet nicht auf die Büchermacher. Das könnte Buchmacher bedeuten.«

Die Witwe war ratlos. »Was ist das, ein Buchmacher?«

Das konnte der Neffe, der ein fanatischer Spieler war, sofort erklären. »Ein Buchmacher, das ist einer, der Wetten auf Pferde oder auf Fußball oder sonst einen

Sport annimmt. Ja, ich denke auch, daß er Buchmacher meinte. War Onkel Samuel vielleicht selbst Spieler?«

Der Anwalt nickte. »O ja, er pflegte beträchtliche Summen zu wetten.«

»Dann muß es das sein!« sagte die Witwe. »Irgendein Buchmacher muß der Schlüssel für die Schatzsuche diesmal sein.«

Der Anwalt war der einzige, der den Namen des Buchmachers von Samuel Stone kannte. Er stand auf und sagte: »Tja, ich glaube, ich gehe nach oben und lege mich ein Weilchen hin.«

»O nein, das tun Sie nicht!« sagten alle anderen sofort. »Sie sind derjenige, der weiß, wo er seine Wetten plazierte. Wir wollen den Namen dieses Mannes wissen. Wir haben hier alle zusammen die gleichen Interessen.«

Der Anwalt seufzte. »Also gut. Aber ich muß euch warnen. Die Leute, die Wetten annehmen, sind alle wenig reputierliche Leute. Sie können ganz schön grob und unangenehm werden. Man muß sehr vorsichtig mit ihnen umgehen.«

»Schon gut, schon gut«, sagte die Witwe. »Also, bei wem hat Samuel seine Wetten plaziert?«

»Bei Tony Carnera.«

Das Buchmachergeschäft von Tony Carnera befand sich in einem kleinen Gebäude im Stadtzentrum. Der einzige Eingang führte vorbei an Leibwächtern, die zuerst jeden nach Waffen durchsuchten. Denn Carnera war ein Gangster. Er war das Oberhaupt der meisten Verbrechercliquen in der Stadt, und er hatte den Ruf eines Killers. Alle fürchteten sich vor ihm.

Er war deshalb überaus verwundert, als ihn am nächsten Vormittag ein Rechtsanwalt aufsuchte und erklärte: »Mr. Carnera, ich vertrete den verstorbenen Samuel Stone. Soviel ich weiß, hat er häufig Wetten bei Ihnen abgeschlossen.«

»Ja und?«

»Nun, ich dachte, Sie und ich könnten vielleicht ein wenig ins Geschäft kommen.«

»Was denn für ein Geschäft?«

»Sehen Sie, Mr. Carnera«, sagte der Anwalt vorsichtig, »Sie wissen so gut wie ich, daß Mr. Stone einen bestimmten Schatz bei Ihnen deponiert hat. Er gehört seiner Familie, und diese möchte ihn nun haben.«

Tony Carnera entgegnete ihm kühl: »Ich weiß nicht, wovon Sie reden.«

»Oh, ich bin ganz sicher, Sie wissen es sehr gut. Es ist ein äußerst wertvoller Schatz.« Er überreichte dem Gangster seine Visitenkarte. »Überlegen Sie es sich, und rufen Sie mich dann an. Ich will zusehen, daß Sie einen anständigen Anteil davon bekommen.«

Und damit ging er.

Carnera blickte nachdenklich auf die Visitenkarte des Anwalts und fragte sich, was denn da wohl vorging.

Eine Stunde später tauchte der Neffe auf.

»Guten Morgen, Mr. Carnera.« Er sah sich um. »Was Sie für ein schönes Büro haben!«

»Ist schon recht. Was wünschen Sie?«

»Nach meinen Informationen hat mein Onkel ziemlich häufig bei Ihnen gewettet.«

»Na und? Er ist gestorben.«

»Eben. Aber sein Geld ist noch da. Sie müssen wissen, er hat eine ziemliche Menge davon hinterlassen. Und er hat es uns zugedacht.«

»Und was wollen Sie da bei mir?«

»Nun, er hat einen Hinweis hinterlassen, der auf Sie verweist. Wir glauben, daß Sie einen wertvollen Schatz von ihm in Verwahrung haben, und den wollen wir.«

Carnera aber schüttelte den Kopf. »Davon weiß ich nichts. Ich habe nichts mit irgendeinem Schatz zu tun.«

»Ich glaube, doch. Wenn Sie klug sind, übergeben Sie ihn uns. Ich will auch dafür sorgen, daß Sie eine Belohnung bekommen.« Er schrieb seine Telefonnummer auf einen Zettel und reichte diesen dem Gangster hin. »Ich hoffe, von Ihnen zu hören.«

Keine halbe Stunde später erschien auch David bei Tony Carnera.

»Sie kommen wohl auch wegen dieses Schatzes?« fragte Carnera.

»In der Tat, ja«, sagte David. »So verhält es sich. Ich habe mich überall umgehört und umgesehen, und der einzige Buchmacher, zu dem Samuel Stone ging, waren Sie. Er hat einen Hinweis darauf hinterlassen, daß Sie etwas mit diesem Schatz zu tun haben.«

Der Gangster Carnera hatte inzwischen längst begriffen, daß da offenbar irgendwo sehr viel Geld lag, und er wollte seinen Anteil daran haben. Deshalb sagte er diesmal vorsichtig: »Na ja, könnte schon sein, daß ich etwas von diesem Schatz weiß. Was schaut denn für mich dabei heraus, wenn ich ihn ausliefere?«

»Von mir bekommen Sie zehn Prozent«, sagte David.

Tony Carnera verkniff es sich, laut herauszuprusten. Zehn Prozent, was dachte der Mann sich? Er wollte ohnehin in Wirklichkeit alles haben.

»Na gut«, sagte er, »geben Sie mir etwas Bedenkzeit. Ich melde mich bei Ihnen.«

David ließ ebenfalls seine Visitenkarte da.

Als er fort war, überlegte sich Tony Carnera: *Der alte verrückte Geizkragen Stone hat also einen Haufen Geld hinterlassen. Na, da will ich mal dafür sorgen, daß ich es für mich allein in die Finger bekomme. Zum Teufel mit diesen anderen!*

Einer seiner Leibwächter kam herein und sagte: »Da ist eine Frau Stone draußen, die zu dir will.«

Carnera blieb erst noch eine Weile nachdenklich sitzen. *Aha,* dachte er, *also auch seine Witwe kommt her. Na, die wird ja wohl wissen, wo der Schatz ist.*

»Laß sie herein«, sagte er.

Die Witwe kam hereingestelzt. Sie war jung und

hübsch und hatte eine gute Figur. Sie war früher Nachtclubtänzerin gewesen, als Stripperin. Dort hatte Samuel Stone sie auch kennengelernt. Er hatte sich in ihren schönen Körper verliebt und sie sich in sein Geld. So wurde es eine perfekte Ehe.

»Ich bin Mrs. Samuel Stone«, stellte sie sich vor.

Er musterte sie anerkennend. »Sehr erfreut, Sie kennenzulernen, Mrs. Stone.«

»Meines Wissens standen Sie in Geschäftsbeziehungen zu meinem Mann.«

»Das kann man wohl sagen.«

»Ich habe Anlaß, zu glauben, daß Sie wahrscheinlich wissen, wo sich ein Teil seines Vermögens befindet … das ja jetzt mir gehört.«

Und da hatte Tony Carnera eine blendende Idee. »Das trifft tatsächlich zu«, sagte er.

»Wußte ich es doch!« rief die Witwe. »Wo ist es?«

»Ich führe Sie gerne hin«, sagte Carnera.

»Ist es irgendwo vergraben?«

»In gewisser Weise, ja.«

»Können wir jetzt gleich dorthin?«

»Selbstverständlich. Ich hole nur noch meinen Mantel, dann fahren wir gleich los.«

Eine halbe Stunde später fuhren sie an der Küste von New Jersey entlang. Es war eine sehr abgelegene und einsame Gegend mit nur ein paar vereinzelten Autos und sonst keiner Menschenseele weit und breit.

»Ist es noch weit?« fragte die Witwe.

»Nein«, sagte Carnera. »Wir sind gleich da.«

Hinten im Wagen saßen seine beiden Leibwächter. Tony Carnera hatte ihnen seinen Plan bereits erklärt, und sie fanden ihn großartig. Ihr Boß, dachten sie, war so raffiniert!

Sie kamen zu einem Haus an einem einsamen Strand, und Carnera sagte: »Hier ist es.«

»Da drinnen ist der Schatz?« fragte die Witwe aufgeregt.

»Ja.«

Sie gingen alle vier in das Haus hinein, die Witwe, Tony Carnera und seine beiden Leibwächter. Die Witwe sah sich ungeduldig um. »Wo ist er, der Schatz?«

Tony Carnera musterte sie eindringlich. »Ich stehe davor.«

»Was?«

»Sie sind der Schatz, Schwester.«

»Was soll das denn heißen?«

»Es soll heißen, wenn da so eine Menge Geld in der Gegend herumschwirrt, dann wird es ja wohl jemanden geben, der bereit ist, ein Vermögen zu bezahlen, um Sie zurückzuerhalten. Sie sind soeben entführt worden.«

Die Witwe wurde blaß. »Entführt? Das können Sie doch nicht machen!«

»Ich habe es gerade getan. Sie bleiben hier, bis die anderen eine Million Dollar Lösegeld für Sie bezahlen. Für die Familie Stone ist eine Million doch ein Klacks.« Und er befahl seinen Leibwächtern: »Fesselt sie!«

Die Witwe begann zu schreien und sich zu wehren, aber das war natürlich sinnlos. Im Handumdrehen war sie an einen Stuhl gefesselt.

»Sie bleiben hier, bis das Geld da ist«, sagte Carnera. Er kicherte. »Ich habe den Schatz ja gefunden, nicht wahr?«

Früh am nächsten Morgen wurde im Hause Stone eine Nachricht abgegeben. Sie lautete: »An den, der dafür zuständig ist. Samuel Stones Witwe ist gekidnappt worden und in unserer Hand. Wenn Sie sie lebendig wiederhaben wollen, müssen Sie ein Lösegeld von einer Million Dollar in kleinen, nicht gekennzeichneten Banknoten bezahlen. Sie werden um 13 Uhr angerufen und instruiert, wie die Geldübergabe zu erfolgen hat.«

Der Neffe öffnete den Brief und las ihn dreimal durch. Er konnte es kaum glauben. Seine angeheiratete Tante war entführt worden! Das bedeutete, sie war aus dem Weg! Jetzt brauchten sie den Schatz nicht mehr mit ihr zu teilen!

Er sagte den anderen nichts von dem Brief. Am Ende waren sie noch närrisch genug und versuchten, sie tatsächlich loszukaufen! Es gelang ihm, es so einzurichten, daß er am Telefon war, als es um ein Uhr mittags klingelte. Er hob ab und sagte: »Hallo?«

Eine rauhe Stimme sagte: »Ist dort das Haus von Samuel Stone?«

»Ja.«

»Haben Sie den Brief bekommen?«

»Ja.«

»Sind Sie bereit zu zahlen?«

»Nein«, sagte der Neffe.

Die Stimme am Telefon klang sehr verwundert. »Was?«

»Sie haben es gehört«, sagte der Neffe. »Behalten Sie sie!« Und er legte auf und lachte laut.

»Wer war das?«

Der Neffe blickte überrascht hoch. Der Anwalt stand da und sah ihn an. *So etwas Dummes,* dachte der Neffe. *Jetzt muß ich ihm wohl sagen, daß die Witwe entführt worden ist, und dann wird er vermutlich das Lösegeld bezahlen wollen.*

»Ich habe schlimme Nachrichten«, sagte er. »Jemand hat die Witwe entführt!«

Der Anwalt lächelte erfreut. »Das ist eine wundervolle Neuigkeit! Das bedeutet, wir können den Schatz suchen und heben und brauchen ihr keinen Anteil abzugeben!«

»Natürlich!« rief der Neffe voller Freude. »Sehr richtig! Und alles gehört dann uns!«

Aber der Anwalt sagte: »Es ist besser, wenn wir David nichts davon sagen. Der ist so ein sentimentaler Narr, daß er bestimmt das Lösegeld zahlen und sie retten will.«

In dem einsamen Strandhaus sagte die Witwe zu Tony Carnera: »Was soll das heißen, man will das Lösegeld für mich nicht bezahlen? Das ist doch lächerlich!«

»Keine Bange«, sagte Carnera, »die zahlen schon.«

»Meinen Sie?«

»Aber ja. Ich schicke ihnen einen von Ihren Fingern und dann eines Ihrer Ohren. Die erhalten sie nach und nach, Stück für Stück, bis sie mit dem Geld rüberkommen.«

Die Witwe war schockiert. »Das können Sie doch nicht tun!«

Der Gangster kam zu ihr. Sie war noch immer an den Stuhl gefesselt. »Wer sagt, ich kann nicht? Ich gebe denen eine Woche, die Million Dollar herauszurücken. Wenn sie es nicht tun, befasse ich mich näher mit Ihnen.«

»Sie werden nicht wagen, mir etwas anzutun! Ich bin die Witwe von Samuel Stone!«

»Wenn das Geld nicht kommt«, sagte Tony Carnera ungerührt, »sind Sie bald wieder mit ihm vereint.«

Carnera telefonierte noch einmal. Dieses Mal war der Anwalt am Apparat.»Ist dort das Haus von Samuel Stone?«

»Ja.«

»Hören Sie gut zu. Wir haben seine Witwe, und wenn Sie sie jemals lebend wiedersehen wollen, dann bezahlen Sie gefälligst eine Million Dollar. Ich gebe Ihnen sieben Tage Zeit.«

»Aha. Wer spricht denn da?«

»Das werde ich Ihnen gerade sagen, Sie Schlauberger. Bezahlen Sie oder nicht?«

»Aber selbstverständlich«, log der Anwalt. Er hatte natürlich in Wirklichkeit keine Absicht, auch nur einen Dollar zu bezahlen. »Ich brauche nur etwas Zeit, das Geld zusammenzubekommen.«

»Mehr als eine Woche Zeit haben Sie nicht. Denken Sie daran.«

Der Anwalt legte auf und lächelte durchtrieben. Er hatte eine Woche lang Zeit, den jetzigen Schatz aufzufinden. Danach konnten sie seinetwegen mit der Witwe machen, was sie wollten.

Einer der Leibwächter hielt sich in dem Raum auf, in dem die Witwe an den Stuhl gefesselt war. Er betrachtete sie. Sie war sehr hübsch, und er mochte hübsche Frauen. Aber er wollte ihr auch nicht angst machen. »Niemand tut Ihnen etwas«, beruhigte er sie. »Sie brauchen sich nicht zu fürchten.«

»Fürchten?« blaffte sie ihn an. »Ich mich? Vor euch? Ihr seid doch alle nur ein Haufen jämmerlicher Amateure!«

»Wie meinen Sie das?«

»Wie stellen Sie sich das vor, mich eine Woche lang an diesen Stuhl gefesselt zu halten? Binden Sie mich los, damit ich mich bewegen kann.«

»Das kann ich leider nicht tun, Lady.«

»Sollten Sie aber lieber. Ich muß mal.«

»Na gut, meinetwegen.« Er band sie los.

Die Witwe stand auf, rieb sich Arme und Beine und

versuchte, ihren Blutkreislauf wieder in Gang zu bringen. »Ihr Gangsterbande!« schimpfte sie.

Er beobachtete sie, wie sie im Bad verschwand. Als sie nach zehn Minuten wieder herauskam, sagte sie: »Außerdem bin ich hungrig. Was habt ihr zu essen da?«

»Auf dem Regal stehen ein paar Konservendosen.«

»Konservendosen? Bei Ihnen piept's wohl? Ich esse doch keine Konserven! Ich will Kaviar und Champagner!«

»So was haben wir hier nicht.«

»Dann soll es einer kaufen!«

Der Wächter wußte nicht, wie er sich verhalten sollte. Er rief Carnera an. »Unser Gast will Kaviar und Champagner haben.«

Tony Carnera dachte kurz nach. »Meinetwegen. Besorgt es ihr. Wenn sie zufrieden ist, macht sie um so weniger Schwierigkeiten.«

Nach einer Stunde kamen Kaviar und Champagner.

»Da ist das Zeug«, sagte der Wärter. »Guten Appetit.«

»Das ist doch kein anständiger Kaviar!« schimpfte die Witwe. »Und der Champagner ist nicht der richtige Jahrgang! Aber ich habe es mir sowieso anders überlegt. Ich will ein Steak.«

Einer der beiden Wächter holte also ein Steak. Als es kam, mäkelte die Witwe, daß es viel zu durchgebraten sei, und verlangte statt dessen ein Brathühnchen.

Allmählich begann sie den Wächtern auf die Nerven zu gehen.

David war beunruhigt, daß er die Witwe den ganzen Tag und auch abends nicht im Haus sah. Samuel Stones Testament hatte schließlich bestimmt, daß sie alle zusammen in seinem Haus wohnen mußten.

»Wo ist die Witwe?« fragte er.

Neffe und Anwalt sahen einander an.

»Also was? Wo ist sie?«

»Man hat sie entführt«, gestand der Neffe schließlich.

»Was?«

»Ja. Wir haben eine Lösegeldforderung in Höhe von einer Million Dollar erhalten.«

»Das ist ja entsetzlich!« sagte David. »Sie zahlen natürlich, nicht?«

»Selbstverständlich«, log der Anwalt. »Man hat uns eine Woche Zeit dafür gelassen.«

Der Neffe sah ihn ungläubig an und wollte ihn schon verbessern, doch dann begriff er rechtzeitig die Absicht des Anwalts. Nach einer Woche war die Witwe tot, und der Schatz gehörte ihnen.

»Sollten wir nicht die Polizei einschalten?« fragte David.

»Nicht doch!« riefen die beiden anderen wie aus einem Mund. »Das ist das letzte, was wir tun sollten.«

Am nächsten Morgen sagte die Witwe in dem Strandhaus: »Ihr erwartet doch nicht etwa, daß ich ständig diesen alten Fetzen von Kleid hier trage? Ich will etwas Hübsches zum Anziehen haben.«

»Wir können Ihnen doch keine Kleider aus Ihrem Haus holen«, sagte der eine Wächter, »dann erfahren die, wo Sie sind.«

»Dann kauft mir neue Kleider!« fauchte ihn die Witwe an.

Der Wächter telefonierte wieder mit Tony Carnera. »Entschuldigung, Boß, wenn ich mich schon wieder melde«, sagte er. »Aber jetzt will sie neue Kleider.«

Carnera sagte: »Was glaubt die eigentlich, wer sie ist? Schließlich ist sie unsere Gefangene!«

»Aber sie führt sich furchtbar auf.«

»Na, also gut, meinetwegen. Laß dir ihre Größe sagen, und dann schicke ich jemanden, ein paar Kleider für sie zu kaufen.«

Zwei Stunden später kam der zweite Leibwächter mit einigen Kleidern. »Da«, sagte er.

»Die haben die falsche Farbe!« beschwerte sich die Witwe. »Die könnt ihr gleich wieder zurückbringen. Ich will Sachen in Blau, in einem schönen Blaßblau, und dazu passende Schuhe!«

Die beiden Leibwächter blickten einander stumm an. »Jawohl, Madame.«

David machte sich zunehmend Sorgen um die Witwe. Drei Tage waren nun schon vergangen, und kein weiteres Wort war von den Kidnappern gekommen. Er dachte immer noch über den Hinweis von Samuel Stone nach: *Wettet nicht auf die Büchermacher für eure In-*

formation und Aufklärung. Vielleicht hatte das mit den Büchermachern doch noch eine andere Bedeutung als Buchmacher? Allerdings, die Tatsache blieb bestehen, daß Samuel Stone Stammkunde eines Buchmachers gewesen war.

Im Strandhaus sagte die Witwe: »Was ist das überhaupt für ein Haus hier? Nicht einmal einen Fernseher habt ihr!«

»Hier draußen kriegt man kein Fernsehen rein«, sagte der Bewacher. »Da müßten wir erst ein Kabel legen lassen.«

»Dann laßt es legen!« fuhr ihn die Witwe an. »Ich will fernsehen!«

»Mr. Carnera, jetzt will sie auch noch einen Fernseher!«

Tony Carnera sagte: »Die Frau macht mich noch wahnsinnig! Aber gut, bitte, gebt ihr einen!«

Am nächsten Morgen kamen Fernsehtechniker und legten ein Kabel, so daß man im Strandhaus Fernsehen empfangen konnte.

»Bitte«, sagte der Aufpasser zur Witwe. »Jetzt können Sie fernsehen.«

»Aber das ist ja ein Schwarzweißgerät!« zeterte die Witwe. »Ich will einen Farbfernseher!«

Drei Tage lang ging das noch so weiter. Sie trieb alle zum Wahnsinn. Nichts paßte ihr. Sie beschwerte sich unaufhörlich. Am Schluß konnten die Aufpasser nicht einmal mehr ihre bloße Stimme ertragen. Tony Carnera kam extra hinaus zu dem Strandhaus und flehte sie an, sich zu benehmen.

»Benehmen? Ich? Wie soll ich mich benehmen, wenn man mir einen solchen Fraß vorsetzt?«

»Mrs. Stone, Sie bekommen Essen von den besten Restaurants geliefert.«

»Es ist kalt, wenn es ankommt.«

»Wir haben Ihnen neue Kleider gekauft.«

»Die gefallen mir nicht.«

»Wir haben nach Make-up für Sie geschickt und es Ihnen gebracht.«

»Ist nicht meine Marke.«

Nichts konnte man ihr recht machen.

»Ich kann es gar nicht mehr erwarten, daß wir sie wieder loswerden«, sagte Carnera zu seinen Leibwächtern. »Die kostet mich den letzten Nerv!«

Er rief noch einmal im Haus von Samuel Stone an. Der Neffe war am Apparat.

»Also«, sagte Carnera, »die Zeit ist um. Kriege ich jetzt die Million, oder was?«

Der Neffe lachte. »Keinen Cent kriegen Sie von uns für sie. Behalten Sie sie. Machen Sie mit ihr, was Sie wollen.«

Carnera starrte voller Zorn auf sein Telefon. Also, die wollten das Lösegeld nicht bezahlen? Er würde es ihnen schon zeigen! Und was war die schlimmste Strafe für diese Sturköpfe? Na, ihnen die Witwe zurückzuschicken!

Als die Witwe an diesem Abend nach Hause kam, war David der einzige, der froh war, sie unversehrt wiederzusehen. Der Anwalt und der Neffe aber waren verwundert. »Wie bist du denn entkommen?« fragten sie.

»Nicht mit eurer Hilfe jedenfalls!« fuhr sie sie an. »Ihr wolltet ja das Lösegeld nicht bezahlen.«

»Schon, nur ...«

»Ach, lügt doch nicht. Habt ihr wenigstens inzwischen den Schatz gefunden?«

»Vielleicht war ein anderer Buchmacher gemeint«, sagte der Neffe. »Wir könnten ja Onkels Notizbuch mit den Telefonnummern noch einmal durchsehen.«

Aber David starrte inzwischen versonnen auf die Bücherregale. Dann ging er zu ihnen hin und studierte sie. Ziemlich hinten stand eine Original-Shakespeare-Ausgabe, die zwei Millionen Dollar wert war. Er hielt sie in der Hand und sagte zu den anderen: »Das muß es sein. Ich denke, ich habe es gefunden.«

Alle waren sogleich auf den Beinen. »*Wir* haben es gefunden, David! Wir sind alle daran beteiligt!«

»Nein«, sagte David entschieden. »Der Erlös geht in die Wohltätigkeit, und dagegen könnt ihr nichts machen.«

Am nächsten Montag saß die ganze Gruppe dann erneut vor dem Fernseher in der Bibliothek und wartete auf den Hinweis für die nächste Schatzsuche.

4. Kapitel

Es war Montag vormittag, der Tag, an dem sie alle wieder in die Bibliothek gingen, um den Fernseher anzustellen und zu hören, was Samuel Stone diesmal an Hinweisen zum Auffinden des nächsten Teils seines enormen Vermögens zu geben hatte.

Er hätte seinen Verwandten ja das Geld ganz einfach hinterlassen können. Aber er war ein sadistischer Mensch gewesen, dem es Freude machte, sie leiden zu lassen. Und darum hatte er sein Testament in verschiedene Schatzsuchejagden aufgeteilt.

Sie waren alle wieder anwesend – seine Witwe, sein Neffe, sein Rechtsanwalt und David, der junge Mann, der die Samuel-Stone-Stiftung für die Armen leitete. Er war der einzige sympathische Mensch im Raum. Die anderen hätten jederzeit auch einen Mord begangen, um an das Vermögen von Samuel Stone zu gelangen.

Der Butler kam herein und stellte den Fernseher an. Wieder erschien Samuel Stones Kopf auf dem Bildschirm.

»Also«, sagte seine Stimme vom Videoband, »ich nehme an, ihr seid alle wieder versammelt, um den nächsten Teil meines Geldes zu suchen. Ich sage noch mal, daß eigentlich keiner von euch auch nur einen Teil davon verdient. Na gut. Wollen mal sehen, wie intelligent ihr diesmal seid. Ich bin zwar schon tot, aber ich kann euch noch richtig zusetzen. Glaubt ihr an Geister? Ich jedenfalls ja, und ich sage euch, es gibt ein Haus, in dem es spukt. Wenn ihr es findet, müßt ihr dort eine Nacht verbringen. Und einer von euch wird danach reicher sein.«

Er lachte böse und verschwand vom Bildschirm. Der Butler schaltete das Gerät aus.

»Ist das alles?« keifte die Witwe sofort. »Was für ein Hinweis soll das sein?«

»Ein Haus, in dem es spukt?« sinnierte der Anwalt. »Wir sollen eine Nacht in einem Haus verbringen, in dem es spukt?«

»Dabei wissen wir nicht einmal, wo es ist«, sagte der Neffe. »Aber ich glaube sowieso nicht an Geister, also auch nicht an ein Haus, in dem es spukt.«

»Ja, aber es sieht so aus, als ob Samuel Stone daran glaubte«, antwortete ihm der Anwalt.

Alle wandten sich wieder David zu, der der Klügste von ihnen war.

»Was meinen Sie, David? Ist dies ein schlechter Scherz?«

»Mr. Samuel Stone war kein Mann, der Scherze machte«, sagte David. »Ich weiß nicht, ob es ein Haus gibt, in dem es spukt. Der entscheidende Punkt ist aber, daß er offenbar daran glaubte. Also müssen wir dieses

Haus finden und die Nacht darin verbringen. Offensichtlich befindet sich der nächste Schatz in diesem Hause.«

»Aber wie sollen wir es finden?« fragte die Witwe.

David sagte zum Anwalt: »Haben Sie eine Liste aller Immobilien, die Samuel Stone besaß?«

»Selbstverständlich.«

»Haben Sie jemals etwas gehört, daß es in einem dieser Häuser spuken soll?«

»Ach was, natürlich nicht«, erwiderte der Anwalt unwirsch. »Das Ganze ist völlig lächerlich.«

»Trotzdem hätte ich gern die Liste«, sagte David.

»Und ich auch«, kam die Witwe dazu.

»Ich ebenfalls«, sagte der Neffe.

Alle hatten sie keine Ahnung, was sie mit dieser Liste tatsächlich machen sollten, es wollte nur keiner, daß sich David einen Vorsprung verschaffte.

»In einer Stunde habt ihr sie«, versprach der Anwalt.

Als David die Liste des Immobilienbesitzes von Samuel Stone durchging, kam er aus dem Staunen nicht mehr heraus. Samuel Stone hatte Bürogebäude und Hotels besessen, Golfplätze und Fitneßzentren und große Miethäuser. Aber einzelne Häuser gab es nur drei. War eines dieser drei vielleicht das, in dem es angeblich spukte?

David rief einen befreundeten Reporter an. »Ich weiß, das ist eine merkwürdige Frage«, sagte er zu ihm,

»aber wissen Sie vielleicht, ob an einem dieser Häuser irgend etwas ungewöhnlich ist?«

Er las ihm die erste Adresse vor. »Nein«, sagte der Reporter. »Nie gehört.« David sagte ihm die zweite Adresse. »Auch davon habe ich nie etwas gehört.«

Dann las er ihm auch noch die dritte Adresse vor.

»He!« sagte der Reporter. »Da klingelt es bei mir! In diesem Haus ist mal irgend etwas passiert, wenn ich mich recht erinnere. Ja, jetzt weiß ich es wieder. Vor ein paar Jahren ist in dem Haus eine Familie ermordet worden. Seitdem heißt es, daß es dort spuken soll.«

David wurde ganz aufgeregt. »Besten Dank auch«, sagte er.

Niemand von den anderen, wären sie an eine solche Information gekommen, hätte sie David mitgeteilt. Aber David war ein ehrlicher Mensch und sah es als seine Pflicht an, die anderen davon zu unterrichten, daß er wußte, um welches Haus es sich handelte, in dem es angeblich spukte.

Als sie es hörten, waren sie begeistert.

Aber David warnte sie. »Ich weiß schon, was ihr vorhabt«, sagte er. »Ihr wollt alle allein hin und den Schatz einkassieren. Aber denkt daran, was Mr. Stone gesagt hat: Wir müssen alle zusammen hin und eine Nacht dort verbringen.«

»Aber natürlich, David«, heuchelte die Witwe. »Wir würden doch nicht im Traum daran denken, dich zu hintergehen! Wo es doch so intelligent von dir war, das

Haus überhaupt zu finden.« Sie lachte. »Selbst wenn es dort nicht wirklich spukt.«

»Natürlich nicht«, sagte der Anwalt. »So etwas wie Häuser, in denen es spukt, gibt es nicht.« Anwälte glauben niemals etwas, solange sie es nicht schwarz auf weiß vor sich sehen. Und nicht einmal dann glauben sie es.

»Wann gehen wir hin?« fragte die Witwe.

»Na, jetzt gleich«, meinte der Neffe. »Je eher wir dort sind, um so eher finden wir den Schatz.«

Damit waren alle einverstanden.

»Heute abend um sieben, wenn es dunkel wird, treffen wir uns in dem Haus und suchen nach dem Schatz.«

Jeder nickte dazu. David gab ihnen die Adresse.

Die Witwe hatte keinerlei Absicht, bis zum Abend zu warten. Sie wollte vor den anderen dort sein, den Schatz finden und dann gleich wieder verschwinden.

Die gleiche Idee aber hatten auch der Neffe und der Rechtsanwalt. Und so liefen sie alle drei vor dem Haus ineinander hinein.

»Was macht ihr beiden denn hier?« fragte die Witwe.

»Genau dasselbe wie du«, sagte der Neffe.

»Und wie ich«, ergänzte der Anwalt. »Wir sind alle hinter demselben her. Also finden wir es, bevor David kommt.«

Das Haus war alt und windschief. Es war verlassen und unbewohnt, seit sich der Familienmord darin ereignet hatte. Niemand wollte mehr darin leben.

»Irgendwie sieht es gespenstisch aus«, meinte die Witwe. »Wo man hinschaut, sind Spinnweben.« Sie wischte sich angeekelt eine aus dem Gesicht.

»Machen wir es doch so«, sagte der Anwalt, »ihr beiden sucht unten und ich oben.«

»Nein, nein, nein«, erhob die Witwe Einspruch. »Wir bleiben alle schön zusammen.«

Sie begannen unten und suchten in jedem Winkel und jeder Nische. Sie hatten keine Ahnung, wonach sie suchten, wußten aber, daß sie es schon wissen würden, sobald sie es nur fanden. Es mußte etwas sehr Wertvolles sein.

Sie machten Schränke und Schubladen auf und durchsuchten jeden Raum gründlich, rückten sogar die Möbel beiseite und schoben die Vorhänge weg, aber alles war umsonst.

»Das ist anscheinend nur ein schlechter Scherz«, sagte die Witwe. »Gehen wir.«

»Das können wir nicht«, erinnerte sie der Anwalt. »Es hat doch geheißen, wir müssen die Nacht hier verbringen. Außerdem wird sowieso bald David kommen. Der ist sehr intelligent, vielleicht findet er ja etwas.«

Also gingen sie alle drei nach unten und setzten sich in den Wohnraum, um dort auf David zu warten.

David kam pünktlich genau um sieben Uhr und war überhaupt nicht überrascht, die anderen schon alle vorzufinden. Er hatte gar nichts anderes erwartet, als daß sie versuchten, ihn zu betrügen.

»Wir haben schon überall gesucht«, sagte der Anwalt, »aber nichts gefunden.«

»Vielleicht kann man es nur nachts entdecken«, gab David zu bedenken.

»Aber das ist doch lachhaft!« wandte die Witwe ein. »Außerdem habe ich keine Lust, die ganze Nacht hier in dieser alten Bruchbude zu verbringen.«

»Es bleibt Ihnen aber nichts anderes übrig, wenn Sie Ihren Anteil bekommen wollen.«

»Ja, ja, schon gut.« Unwillig setzte sie sich.

Es wurde dunkel.

»Ich habe Hunger«, sagte der Neffe. »Ich gehe mir etwas zu essen holen.«

»Das können Sie nicht«, sagte der Anwalt. »Keiner darf das Haus vor dem Morgengrauen wieder verlassen.«

Die Witwe war überhaupt nicht glücklich, daß sie die ganze Nacht über in diesem alten Haus bleiben sollte. Sie glaubte zwar nicht eine Minute lang an Gespenster, aber sie wollte zu Hause in ihrem eigenen komfortablen Bett mit den seidenen Laken schlafen. Sie liebte ihren Luxus.

»Das eine sage ich euch, beim ersten Morgengrauen bin ich weg«, knirschte sie.

Es gab genau vier Schlafzimmer in dem alten Haus, so daß sie alle ein eigenes hatten. Die Witwe nahm selbstverständlich das größte für sich in Anspruch.

»Schließlich war ich es«, sagte sie, »die mit Samuel Stone verheiratet war.«

Sie gingen alle schlafen.

Die Witwe träumte davon, was sie mit dem ganzen Geld von ihrem Mann machen wollte. Sie fuhr auf einer riesigen Jacht durch die Südsee.

Der Anwalt träumte, er sitze in einer riesigen Kanzlei mit wertvollen antiken Möbeln.

Der Neffe träumte, daß er eine Villa in Südfrankreich besaß, wo er es sich gutgehen ließ und sich mit vielen hübschen Bikinimädchen die Zeit vertrieb.

Und David träumte davon, wie er Geld an die Armen und Obdachlosen verteilte.

Es begann um zwei Uhr morgens. Zuerst war es nur ein schwacher Laut, der durch das Haus ging. Dann wurde es immer lauter, bis es ein seltsames Trommeln wurde, zum Fürchten.

Alle erwachten sie gleichzeitig von dem Lärm.

Die Witwe setzte sich im Bett auf und dachte: *Da muß jemand einen Fernseher angeschaltet haben.*

Der Neffe setzte sich ebenfalls auf und dachte: *Da feiern sie offenbar im Nachbarhaus eine Party. Vielleicht kann ich mitmachen.*

Der Anwalt dachte: *So einen Lärm zu machen, diese Nachbarsleute. Die Polizei sollte man holen.*

Und David dachte: *Um Gottes willen, die Indianer sind da!*

Alle standen auf. Sie brauchten sich nicht erst anzuziehen, weil jeder in seinen Kleidern geschlafen hatte. Sie trafen sich oben auf dem Flur.

»Was geht hier vor?« fragte die Witwe.

»Nichts, worüber man sich beunruhigen müßte«, begütigte der Neffe.

In diesem Moment hörten sie einen Schrei.

»Was war das?« fragte der Neffe.

David antwortete: »Ich weiß auch nicht. Am besten sehen wir nach.«

Er schaltete das Licht an. Aber nichts geschah. Es blieb finster.

»Kein Strom da!« rief der Neffe.

»Das ist aber komisch«, sagte David. »Vorhin war noch Strom da. Jemand muß ihn abgestellt haben.«

Das Haus im Dunkeln war unheimlich. Ein kalter Wind wehte plötzlich durch den Flur, und alle fröstelten. Unten waren merkwürdige Geräusche zu hören. Als flatterten Fledermäuse umher.

»Das gefällt mir nicht«, sagte die Witwe. Sie zitterte. »Vielleicht sollten wir uns besser davonmachen.«

»Und den Schatz aufgeben?« sagte der Neffe. »Kommt nicht in Frage. Ich bleibe.«

»Wir bleiben alle«, erklärte der Anwalt.

Und David sagte: »Es gibt keinen Grund, vor irgend etwas Angst zu haben.«

Aber in Wirklichkeit wurde ihnen allen allmählich zweierlei.

Sie schlichen sich gemeinsam ängstlich die Treppe hinab, alle hinter David her, dem sie jetzt gern den Vortritt ließen.

»Wenn wir wenigstens eine Taschenlampe hätten«, sagte David.

In diesem Augenblick gingen alle Lichter an.

Sie blieben überrascht stehen.

»Na«, sagte die Witwe, »da haben wir ja wieder Strom.«

Aber da erlosch das Licht erneut.

Der Neffe sagte als erster etwas. »Da spielt einer mit dem Licht herum.«

Daraufhin sagte die Witwe: »Das heißt, es ist noch jemand im Haus. Wir sind nicht allein!«

Da hallte ein gespenstischer Schrei durch das Haus. Und sie vernahmen eine Stimme: »Geht fort! Geht fort! Fort mit euch!«

Die Witwe durchlief ein eisiger Schauder. »Nichts wie weg hier!« schrie sie.

»Bleiben Sie da!« sagte der Anwalt. »Die wollen uns nur angst machen.«

»Und das schaffen sie auch«, sagte die Witwe. »Ich habe Angst!«

Das Trommeln begann wieder, diesmal noch lauter.

»Haben Sie eine Ahnung«, fragte der Anwalt David, »warum es in diesem Haus angeblich spukt?«

»Ja«, sagte David. »Vor vielen Jahren haben die Indianer hier an dieser Stelle ihre Toten beerdigt. Man erzählt sich, sie wollen nicht, daß die Grabesruhe ihrer Vorfahren gestört wird.«

»So?« sagte der Neffe. »Dann sind das also Indianertrommeln, und in dem Haus spuken alte Indianer? Die haben vermutlich Pfeil und Bogen und schießen damit auf uns.«

Alle drängten sich furchtsam um David.

»Nun seid mal ein bißchen realistisch!« mahnte David. »Geister können keinem etwas antun.«

Aber im selben Moment kam eine Lampe durch die Luft auf sie zugesaust und verfehlte sie nur knapp.

»Hilfe!« schrie die Witwe.

»Bleibt alle eng zusammen!« kommandierte David. »Dann passiert nichts. Wir müssen diesen Schatz noch vor dem Morgengrauen finden.«

»Ich glaube, ich bin gar nicht mehr so scharf darauf, ihn zu finden!« sagte die Witwe. »Ich will nur nach Hause. Es gefällt mir nicht, von toten Indianern angegriffen zu werden.«

David war allerdings auch verwirrt. Irgend etwas stimmte nicht, aber er wußte nicht genau, was. Er hatte das Gefühl, daß jemand versuchte, sie vom Finden des Schatzes abzuhalten.

»Hier entlang«, sagte er.

Und er führte sie durch die unteren Räume.

Direkt neben ihm knallte etwas an die Wand. Alle schrien unwillkürlich auf.

Der Anwalt sagte: »Das alles gefällt mir nicht. Vielleicht sollten wir wirklich weg hier.«

»Auf keinen Fall!« sagte der Neffe dickköpfig. Er erinnerte sich noch immer an seinen Traum, in dem er umringt von vielen schönen Mädchen in einer großen Villa war.

David führte sie auf die Küche zu.

»Wohin gehen wir?« fragte die Witwe.

»Das Trommeln scheint aus dem Keller zu kommen«, sagte David. »Vielleicht sollten wir das mal näher erkunden.«

»Warum gehen Sie nicht erst mal allein voraus, und wir warten hier?« sagte die Witwe.

»O nein«, protestierte der Neffe. »Wir bleiben alle zusammen. Sonst behält er den Schatz wieder allein für sich, wenn er ihn findet.«

David sah, wie sehr sie alle Furcht hatten, und sie taten ihm leid.

»Ich sage euch was. Wenn ich den Schatz als erster finde, teile ich ihn auf jeden Fall mit euch. Na, wie ist das?«

Alle pflichteten ihm bei, daß dies eine gute Idee sei. Alles, was sie jetzt noch tun mußten, war, den Schatz zu finden, ohne von den toten Indianern umgebracht zu werden.

Sie näherten sich im Dunkeln der Küche. Und da hörten sie Laufschritte. Sie blieben wie angewurzelt stehen.

»Es ist tatsächlich jemand im Haus«, sagte der Neffe.

»Ja, das wissen wir nun schon«, antwortete der Anwalt ungehalten. »Nämlich Geister.«

Doch David glaubte nicht an Geister. »Kommt«, sagte er.

Sie gingen weiter auf die Küche zu und tasteten sich in der Finsternis vorsichtig voran. Die Küche war riesig. Sie konnten in dem bleichen Mondschein ihre Umrisse erkennen. Und auch eine Treppe hinunter in den Keller.

»Wir gehen doch nicht wirklich da runter?« fragte die Witwe.

»Es bleibt uns nichts anderes übrig«, sagte David, »wenn wir den Schatz finden wollen.«

Aus dem Keller drang immer lauter das Trommeln herauf.

»Ich gehe da nicht hinunter«, erklärte die Witwe. »Ich mag keine toten Indianer.«

»Also gut«, sagte David. »Dann wartet hier. Ich gehe allein hinunter.«

Sie sahen zu, wie David die Kellertür öffnete.

Unten war es stockfinster. David hätte gerne eine Taschenlampe gehabt oder wenigstens eine Kerze. Er konnte überhaupt nichts sehen.

Er tastete sich vorsichtig die Treppenstufen hinab. Das Trommeln dröhnte jetzt in seinen Ohren. Als er unten an der letzten Stufe war, spürte er einen am Geländer befestigten Gegenstand. Es war eine Taschenlampe! Sie war hier offensichtlich vorsorglich für Notfälle angebracht worden. *Und wenn das hier kein Notfall ist …* dachte er.

Er griff sich die Taschenlampe und schaltete sie ein.

Der Anblick, der sich ihm bot, verschlug ihm den Atem.

Über einen Plattenspieler gebeugt stand ein kleiner Mann in Jeans und Sporthemd. Er spielte eine Platte mit diesen Trommeln.

Der Mann blickte erschrocken hoch, als ihn unvermittelt der Lichtstrahl der Taschenlampe traf.

»Wer sind Sie?« fragte David.

Der kleine Mann leckte sich die Lippen. »Ich wohne hier«, sagte er.

»Nein, das tun Sie nicht!« sagte David. »Sie haben versucht, uns fortzuscheuchen, nicht wahr?«

Der kleine Mann sagte: »Ich habe nicht erwartet, daß jemand in dieses Haus kommt.«

Und da verstand David auf einmal alles, was vor sich ging.

»Wo sind die indianischen Kunstwerke?« wollte er wissen.

»Unter diesem Keller hier«, sagte der kleine Mann. »Ich habe sie gerade erst gefunden.«

»Und versucht, sie zu verkaufen.«

Der kleine Mann nickte. »Ja.«

»Schön«, sagte David. »Und jetzt verschwinden Sie.«

Er ging zu dem Sicherungskasten, an dem der Fremde herummanipuliert hatte, um sie zu erschrecken, und drückte auf den Sicherungsknopf. Sofort gingen im ganzen Haus die Lichter wieder an.

»Sie holen doch nicht die Polizei, oder?« forschte der kleine Mann.

»Nein. Aber lassen Sie sich hier nicht mehr blicken.«

Er sah ihm nach, wie er eiligst zur Kellertür hinaus verschwand.

»Ihr könnt jetzt herunterkommen!« rief er nach oben.

Die anderen eilten nach unten.

»Was ist hier los?« wollte der Anwalt wissen.

»Die Sache hat sich aufgeklärt«, sagte David. »An dieser Stelle hier war tatsächlich einst ein indianischer Begräbnisort. Er liegt jetzt unter diesem Keller hier und ist voll von alten, wertvollen Kunstwerken. Der Mann, der hier war, hat sie entdeckt und wollte sie verkaufen.«

Sie fanden eine Tür zu einem Keller unter dem Keller des Hauses und stiegen in ihn hinab. Der ganze Boden dort unten war bedeckt von wertvollen Erinnerungsstücken aus der Vergangenheit. Da standen alte Töpfe und Gebrauchsgegenstände und Werkzeuge und Pfeile und Bogen und alles, was die Indianer einst vor langer Zeit zum Leben brauchten und besaßen.

»Das könnte ein Vermögen wert sein!« rief die Witwe.

Und damit hatte sie durchaus recht.

Sie verkauften die indianischen Gegenstände an ein Museum für zehn Millionen Dollar. David hielt sein Wort und teilte dieses Geld mit den anderen. Seinen eigenen Anteil vermachte er der Stiftung Samuel Stone für die Obdachlosen.

Die anderen freuten sich über ihren Anteil.

»Aber dies ist nur ein kleiner Teil des Vermögens meines Mannes«, klagte die Witwe sofort wieder. »Ich will auch den Rest haben.«

Sie konnten den nächsten Montag kaum erwarten, an dem ihnen der Hinweis für die nächste Schatzsuche gegeben werden sollte.

5. Kapitel

Sind wir alle bereit, den weiteren Abenteuern unserer geldgierigen Mieslinge zu folgen? »Geldgierige Mieslinge« ist ja noch sanft ausgedrückt. Sie bestehen aus der Witwe Samuel Stones, seinem Neffen, seinem Anwalt und – dem einzigen Anständigen der ganzen Kumpanei – David, der seine eigene Stiftung Samuel Stone verwaltet und leitet.

Samuel Stone, einer der reichsten Männer der Welt, ist tot, aber nicht vergessen. Er hat dafür gesorgt, daß er nicht vergessen wird. Er hat sein Testament auf Videokassetten aufgenommen. Es wird seinen Erben über den Bildschirm bekanntgemacht. Jeden Montag müssen sie sich in der Bibliothek seines Hauses versammeln, um den Hinweisen des alten Mannes für eine Schatzsuche nach seinem Vermögen in Etappen zu lauschen.

An diesem Montag waren sie also wieder alle versammelt, und jeder hoffte, selbst den nächsten Teil des Vermögens zu finden und für sich zu ergattern und nicht mit den anderen teilen zu müssen.

Der Butler stellte den Fernseher an, und Samuel Stones Kopf erschien auf dem Bildschirm.

»Nun«, sagte seine Stimme, »da seid ihr wieder alle, nehme ich doch an, und wartet wie die Geier darauf, mein Geld in die Klauen zu bekommen. Aber ich habe auch weiterhin nicht vor, es euch leichtzumachen. Ihr müßt euch schon ein wenig anstrengen, um herauszufinden, worum es diesmal geht.«

Sein Blick richtete sich auf den Platz Davids. »Der einzig Intelligente von euch ist David. Aber dessen Problem ist, daß er nicht selbstsüchtig genug ist. Er glaubt an Barmherzigkeit und Wohltätigkeit, doch wenn es etwas gibt, das ich hasse, dann, mein Geld den Armen hinzuwerfen. Na ja. Also fangen wir an.«

Er beugte sich etwas vor. »Das Leben ist kurz. Das habe ich herausgefunden. Also, laßt es euch nicht verbarrikadieren und genießt es, selbst wenn es auf ungesetzliche Weise geschieht. Das ist euer Hinweis für diese Woche. Dann mal los!«

Der Butler schaltete den Fernseher aus.

Die Witwe war ein weiteres Mal die erste, die empört auf den Bildschirm starrte. »Das soll alles sein?« zeterte sie wieder. »Was für ein Hinweis ist das? Der sagt uns doch überhaupt nichts!«

»Er muß uns etwas sagen«, erklärte David.

Der Neffe meldete sich. »Alles, wovon er redete, waren Bars und Genießen.« Sein Gesicht hellte sich auf. »Ich hab's! Der Schatz ist in irgendeiner Bar versteckt!«

»Könnte sein«, meinte der Rechtsanwalt.

»Wie viele Bars gibt es denn hier in der Gegend?« erkundigte sich David.

»Vier«, antwortete der Neffe wie aus der Pistole geschossen. »Nehmen wir sie uns mal unter die Lupe und erforschen, was Onkel Samuel gemeint hat.«

»Viel ist es nicht, was er sagte«, erklärte der Anwalt.

»Ja, aber es ist alles, was wir wissen«, stellte die Witwe fest.

»Ich schlage vor«, sagte David, »damit wir Zeit sparen, daß wir alle getrennt in eine dieser Bars gehen und uns umsehen, was wir dort finden können.«

»Gute Idee!« riefen alle anderen.

Allerdings machte sich die Witwe Sorgen. Daß David so ehrlich war, paßte ihr nicht.

»David, willst du auch diesen Schatz mit uns redlich teilen, falls du ihn als erster finden solltest?«

David zögerte. Was er im Sinn hatte, wenn er den Schatz fand, war immer dasselbe: den Erlös den Obdachlosen und Armen zur Verfügung zu stellen.

»Also gut«, sagte er schließlich, »wenn ich ihn finde, teile ich ihn mit euch.«

»Und wenn wir ihn finden«, sagte die Witwe, »teilen wir ihn mit dir.« Damit aber log sie natürlich.

Um zehn Uhr abends an diesem Tag machten sie sich in die vier Bars auf, alle einzeln in eine andere.

Die Witwe war als erste in ihrer Bar. Aber sie hatte nicht die Absicht, etwas zu trinken. Sie wollte sich nur an einen Tisch setzen und beobachten, was so vor sich ging, um daraus vielleicht etwas zu erfahren.

Die Bar war klein und schmutzig. Sie fragte sich, ob ihr Mann wirklich ein Lokal wie dieses frequentiert habe. Sie wußte immerhin, daß Samuel Stone nicht trank – nämlich wegen seines Magengeschwürs.

Eine billig und vulgär aussehende Bedienung musterte sie abschätzig und ging dann wieder. Die Witwe sah sich um. Ein halbes Dutzend Gäste war da, sie unterhielten sich und lachten. Hinter der Theke stand ein großer, rauher Geselle von Barkeeper. Die Witwe überlegte, ob er vielleicht etwas von dem Schatz wußte. *Vielleicht ist er der Schlüssel dazu,* dachte sie.

Sie stand von ihrem Platz auf, ging zur Bartheke und setzte sich dort auf einen Barhocker.

»Was soll es sein?« fragte der Barkeeper.

Die Witwe befand, es empfehle sich wohl, freundlich zu sein und etwas zu bestellen.

»Einen Scotch«, sagte sie also.

Sie sah ihm zu, wie er ihn einschenkte und vor sie hinstellte.

»Zwei fünfzig.«

Sie legte ihm das Geld hin.

»Sie waren noch nie hier, wie?« fragte der Barmann.

»Nein, aber mein Mann kam öfter her.« Sie hoffte, daß das stimmte.

»Ach ja?«

»Ja. Es war Samuel Stone.«

Das Gesicht des Mannes hellte sich auf. »Ach so, Samuel Stone?«

Die Witwe war hocherfreut, daß der Barkeeper ihren Mann tatsächlich kannte. Er gab ihr sogar die zwei fünfzig für den Scotch zurück.

»Ihre Getränke sind umsonst. Trinken Sie aus!«

Die Witwe sah ihn kurz an und nippte dann an ihrem Glas.

»Na los«, sagte der Barmann, »das muß gefeiert werden. Trinken Sie schon aus!«

Sie kippte gehorsam ihren Whisky hinunter. Er schmeckte scheußlich.

»Also, Samuel Stone war Ihr Mann?« sagte der Barmann. Und er schenkte ihr nach. »Trinken Sie!«

»Nein ... also wirklich ...«, wehrte die Witwe ab, »ich trinke an sich nicht ...«

»Nun kommen Sie schon«, sagte der Barkeeper. »Das ist eine Ehre für mich.«

Die Witwe wollte ihn nicht beleidigen und trank auch das zweite Glas aus. Schon jetzt begann ihr der Kopf zu schwirren, und es wurde ihr leicht übel.

»Haben Sie meinen Mann gut gekannt?« fragte sie.

Der Barmann war verwundert. »Nein, natürlich nicht. Ich habe ihn nie gesehen. Aber ich habe selbstverständlich alles über ihn gelesen, was so gedruckt wurde. Er war ein berühmter Mann, nicht? Deswegen ist es ja eine so große Ehre, seine Witwe hier zu Gast zu haben.«

Die Witwe starrte ihn an. »Sie meinen, mein Mann war überhaupt niemals hier?«

»Wie ich sage. Hier verkehren fast nur Fernfahrer.«

Die Witwe stand auf. Sie schwankte leicht. Sie mußte sich an der Bar festhalten.

»Geht es Ihnen nicht gut?« erkundigte sich der Barmann.

»Doch, doch«, sagte die Witwe. »Oder haben Sie vielleicht gemeint, ich falle hier um, oder was?«

Und damit fiel sie um.

Inzwischen befand sich der Neffe in der zweiten Bar, ein paar Häuserblocks weiter. Das war eine große Bar, voller betuchter Leute, die sich offenbar alle prächtig amüsierten.

Mehrere sehr hübsche Mädchen arbeiteten in der Bar als Hostessen, und eine kam zu ihm an den Tisch.

Sie lächelte ihn an. »Möchten Sie Gesellschaft haben?«

Der Neffe war immer an schönen Mädchen interessiert. »Gewiß doch«, sagte er deshalb. »Nehmen Sie Platz.«

Das Mädchen setzte sich zu ihm. »Ich habe Durst«, sagte sie.

»Was möchten Sie denn trinken?«

»Champagner.«

Er bestellte zwei Gläser Champagner.

Die Bedienung brachte sie und stellte sie auf den Tisch. »Dreißig Dollar«, sagte sie.

Der Neffe war verwundert. »Was, dreißig Dollar für zwei Gläser?«

»Sie dürfen nicht vergessen«, sagte seine Hosteß, »der Preis versteht sich inklusive meiner Gesellschaft.« Sie legte eine Hand auf sein Knie. »Und ich bin eine sehr gute Gesellschaft.«

Der Neffe bezahlte die dreißig Dollar.

»Besuchen Sie oft Bars?« fragte die Hosteß.

»Ich bin geschäftlich hier«, sagte der Neffe.

»Ja, natürlich.«

»Nein ... wirklich. Ich glaube, mein Onkel war oft hier.«

»Wer ist denn Ihr Onkel?«

»Samuel Stone.«

Sie sagte verblüfft: »Was denn, Sie meinen, der Milliardär, der vor ein paar Wochen gestorben ist? Ich habe sein Foto in der Zeitung gesehen.«

»War er jemals hier?« fragte der Neffe.

»Nein. Glauben Sie mir, das wüßte ich.«

Sie merkte, wie enttäuscht er über diese Antwort war.

»Aber Sie und ich könnten uns sehr hübsch die Zeit vertreiben«, sagte sie.

Der Neffe stand auf. »Entschuldigen Sie, aber ich muß gehen.«

»Oh, das ist aber schade. Na, aber zumindest können Sie mich zum Abschied umarmen.«

Und sie umarmte den Neffen inniglich.

Als er heimkam, merkte er, daß seine Brieftasche fehlte.

Der Rechtsanwalt war zur selben Zeit in der dritten Bar. Er hatte kein Interesse daran, etwas zu trinken oder mit einer Hosteß zu schäkern. Er kam ohne Umschweife direkt zur Sache. Er ging zum Besitzer und sagte: »Ich bin der Rechtsanwalt von Samuel Stone. War Mr. Stone jemals Gast hier in dieser Bar?«

Der Besitzer musterte ihn kühl. »Nein. Wieso fragen Sie?«

»Das geht Sie gar nichts an«, fertigte ihn der Anwalt ab. »Sie sind jedenfalls sicher, sagen Sie, daß er nie hier war?«

»Ganz sicher. Ich habe genug Fotos von ihm gesehen, daß ich es wüßte, wenn er einmal hier gewesen wäre.«

»Danke!« sagte der Anwalt und war schon wieder weg.

Auch David ging es nicht viel besser. Der Besitzer der Bar, in der er nachforschte, hatte nicht einmal jemals etwas von Samuel Stone gehört.

Alle trafen sich wieder im Haus und berichteten, wie es ihnen ergangen war. Die Witwe war noch immer leicht betrunken.

»Mein lieber Ehemann hat uns einen schönen Quatsch erzählt«, sagte sie. »Wenn ihr mich fragt, war der in seinem ganzen Leben in keiner Bar. Schon, weil er überhaupt nicht trank.«

»Wartet mal«, sagte David. »Wie war das genau, was er sagte? Das Leben ist kurz ... laßt euch nicht ver-barrikadieren ... und genießt es, selbst wenn es ungesetzlich ist ...« Er dachte kurz nach. »... Ungesetzliche Barrikaden ... Gitterstäbe also ... hm ...« Er fragte den Anwalt: »Ist Samuel Stone irgendwann einmal hinter Gitter gekommen?«

Der Anwalt wurde förmlich. »Das ist nicht für die Öffentlichkeit bestimmt. Ich glaube nicht, daß ich ermächtigt bin ...«

»Herrgott«, sagte David ungehalten, »der Mann ist tot. Was macht es jetzt noch für einen Unterschied? Also, war er jemals hinter Gittern?«

»In der Tat, ja. Da war er gerade von einer Europareise zurückgekommen. Ich sollte das eigentlich wirklich nicht ausplaudern, aber nachdem er, wie Sie zu Recht bemerken, ja tot ist, kann es wohl keinen Schaden mehr anrichten. Haben Sie schon einmal von der Schwarzen-Penny-Briefmarke gehört?«

»Nein«, sagte David.

»Das ist eine der kostbarsten Marken der Welt. Sie ist zehn Millionen Dollar wert. Sie ist die erste gummierte Briefmarke überhaupt und stammt aus dem Jahr 1840.«

Die Witwe fragte: »Und was hat das mit meinem Mann zu tun?«

»Ihr Mann«, klärte der Anwalt sie auf, »hat diese

Briefmarke per Diebstahl an sich gebracht und hier ins Land geschmuggelt. Er war auf dem Weg vom Flughafen nach Hause, überfuhr dabei ein Rotlicht und rammte ein anderes Auto. Er wurde festgenommen und verbrachte die folgende Nacht im Gefängnis. Erst am nächsten Morgen konnte ich ihn mit Kaution freibekommen, und da erzählte er mir, daß er die Briefmarke verstecken mußte, weil er befürchtete, daß sie bei ihm entdeckt würde.«

»Dann ist sie eventuell in dem Gefängnis versteckt?« fragte David.

»Das ist durchaus möglich«, sagte der Anwalt.

»Zehn Millionen Dollar!« rief die Witwe. »Worauf warten wir noch? Holen wir uns diese Briefmarke!«

»Ja, aber wie wollen wir denn in das Gefängnis hineinkommen?« sagte der Neffe. »Wir haben doch nichts verbrochen. Wir können doch nicht einfach hingehen und sagen, wir möchten uns dort mal umsehen.«

»Da hat er recht«, sagte der Anwalt. »Am besten vergessen wir die ganze Geschichte.«

»Absolut«, sagte die Witwe.

»Ja, stimmt«, meinte auch der Neffe.

David war der einzige, der nichts sagte. Er wußte schon, was sie wieder alle im Sinn hatten. Und er hatte recht damit.

Eine Stunde danach ging die Witwe auf der Straße auf einen Polizisten zu und sagte: »Hallo, Sie, ich mag Polizisten nicht!« Und versetzte ihm einen Schlag mit ihrer Handtasche.

»Was soll das denn?« sagte der Polizist. »Kommen Sie mal mit.«

Und er lieferte sie im Gefängnis ab.

Der Neffe hielt seinerseits einen Polizeistreifenwagen an und sagte: »Sie müssen wissen, ich habe gerade eine Bank ausgeraubt.«

Auch der Anwalt war unterwegs, wartete, bis er einen Polizisten kommen sah, hob dann einen Stein auf und warf damit das Schaufenster eines Juwelierladens ein.

Selbst David tat so, als sei er betrunken, und taumelte so lange mitten auf der Fahrbahn einer belebten Straße herum, bis die Autos zu hupen anfingen und schließlich ein Polizeiauto kam und ihn mitnahm.

Sie bekamen alle eigene Zellen im Gefängnis.

Gut, jetzt sind wir hinter Gittern, dachte David. *Hinter Bar-rikaden. Jetzt müssen wir nur noch diese Briefmarke finden.*

Dieses Gefängnis bestand überhaupt nur aus vier Zellen, und damit waren sie alle von der Erbengruppe belegt.

David rief den anderen durch die Gitterstäbe zu: »Sucht nach möglichen Verstecken in euren Zellen! Die Marke muß hier irgendwo sein.«

Jeder begann, seine Zelle abzusuchen. Diese waren sehr kahl. Mehr als eine Pritsche, eine Toilette und ein Waschbecken war in keiner. Und obwohl sie alle vier ihre Zellen praktisch auseinandernahmen und auf den Kopf stellten, die Matratzen hochhoben, die Decken umdrehten und die Kissen aufrissen, fanden sie nichts.

Als ein Gefängnisaufseher kam und sah, was für ein Durcheinander sie anrichteten, brüllte er sie an: »Zum Donnerwetter, was fällt euch denn ein? Ihr seid doch hier nicht zu Hause! Benehmt euch gefälligst anständig!«

Der Anwalt rief den anderen zu: »Es hat keinen Zweck. Wir müssen es wohl aufgeben. Ich werde mit dem Gefängnisdirektor reden.«

Zwei Stunden später hatte er sie alle auf Kaution frei, und sie konnten heimgehen. Vorher ließ der Gefängnisdirektor sie zu sich bringen.

Als sie alle bei ihm in seinem Büro versammelt waren, sagte er: »Ich weiß nicht, was mit euch Leuten los ist. Aber irgend etwas stimmt nicht mit euch. Wie ich höre, seid ihr alle irgendwie mit Samuel Stone verbunden.«

»Richtig«, sagte David.

»Ich erinnere mich, daß wir ihn einmal eine Nacht lang hier hatten.« Er dachte kurz nach. »Er war ein ziemlich unangenehmer Insasse. Billig außerdem.«

»Das war Samuel immer«, sagte die Witwe.

Der Gefängnisdirektor zog eine Schublade auf und holte einen Brief heraus. »Diesen Brief gab er mir. Den sollte ich ihm selbst schicken. Aber er hatte nur eine Eincentmarke daraufgeklebt. Der glaubte wohl, ich zahlte das restliche erforderliche Porto aus meiner eigenen Tasche. Da hatte er sich aber getäuscht.«

»Dürfte ich den Brief mal sehen?« fragte David.

»Bitte.«

Der Gefängnisdirektor reichte ihm den Brief. Als Adresse hatte Samuel Stone seine eigene draufgeschrieben.

Und oben in der Ecke klebte die kostbare Schwarze Penny, die zehn Millionen Dollar wert war!

David zitterte fast vor Erregung. »Ich würde den Brief gerne aufheben«, sagte er.

»Nein, ich«, sagte die Witwe.

Und sie griff nach dem Brief.

Da meldete sich aber auch schon der Neffe. »Ich will ihn in Ehren halten.« Und er entriß ihn seinerseits der Witwe.

Der Gefängnisdirektor sah es mit fragendem Staunen. Wieso waren sie alle derart scharf darauf, diesen Brief in die Hand zu bekommen?

»Was ist denn in dem Brief?« fragte er.

»Gar nichts«, sagte der Anwalt.

»Geben Sie mir den Brief mal wieder her«, sagte der Gefängnisdirektor mißtrauisch.

Alle sahen entsetzt zu, wie er ihn nahm, aufmachte

und hineinsah. Tatsächlich befand sich nichts darin als ein leeres Blatt Papier.

»Wieso wollte Samuel Stone diesen Brief an sich selbst schicken?«

»Er war eben ein Sonderling«, sagte David.

»Sonderling, wie? Der muß total verrückt gewesen sein!«

»Kann ich den Brief wiederhaben?« schmalzte die Witwe. »Als liebe Erinnerung.«

»Von mir aus«, sagte der Gefängnisdirektor achselzuckend und reichte ihr den Brief.

»Danke!« sagte sie.

Und hielt zehn Millionen Dollar in der Hand.

Der Anwalt fragte: »Können wir jetzt gehen?«

»Ja, und ich möchte Sie alle hier nie mehr wiedersehen! Sie scheinen ja recht gehaust zu haben in Ihren Zellen, was ich so hörte.«

»Das tut uns leid«, sagte David.

Und sie traten hinaus aus dem Gefängnis in das helle Sonnenlicht.

Als sie wieder zurück im Haus waren, überwältigte sie alle die große Aufregung.

»Ja, aber es gilt immer noch eine Menge von Samuels Vermögen zu finden«, sagte die Witwe.

»Jedenfalls haben wir auch diese zehn Millionen eingesammelt«, sagte der Anwalt. »Übrigens, erkundigen wir uns doch erst mal bei einem Briefmarkenhändler, ob die Marke wirklich zehn Millionen wert ist.«

Sie standen alle um ihn herum, als er telefonierte.

»Guten Tag«, sagte er. »Ich habe eine Schwarze Penny. Wären Sie vielleicht daran interessiert, sie zu kaufen?«

Sie konnten alle hören, wie hysterisch die Stimme am anderen Ende der Leitung wurde. »Was denn, Sie haben wirklich eine? Ich würde jeden Preis dafür bezahlen!«

»Aha«, sagte der Anwalt, »jeden Preis? Und was würde das in Dollar heißen?«

»Wären Sie mit fünfzehn Millionen zufrieden?«

»Fünfzehn Millionen? Absolut!«

»Seit zwanzig Jahren suche ich nach dieser Marke!«

»Na, dann kommen Sie mal her und holen Sie sie sich«, sagte der Anwalt. Er gab ihm die Adresse. »Und vergessen Sie das Geld nicht.«

Als er aufgelegt hatte, sahen sie einander sehr zufrieden an.

»Fünfzehn Millionen!« sagte die Witwe feierlich. »Und wißt ihr, was ich als erstes mit meinem Anteil mache? Ich kaufe mir für viele tausend Dollar Kleider und Pelze! Und eine Jacht mit einer Besatzung aus lauter gutaussehenden Kerlen!«

Der Neffe sagte: »Ich kaufe mir wahrscheinlich ein Flugzeug und stelle schöne Mädchen als Piloten und Kopiloten ein.«

Und der Rechtsanwalt sagte: »Ich kaufe mir noch mehr Immobilien.«

Nur David erklärte: »Ich gebe das Geld zurück.«

»Was wollen Sie tun? Soll das heißen, Sie sind verrückt genug, Ihren Anteil an dem Geld wegzugeben?«

»Nicht nur meinen Anteil«, sagte David. »Das ganze Geld.«

Alle starrten ihn verständnislos an. »Was soll das heißen?«

»Haben nicht Sie selbst uns erzählt«, sagte David zu dem Rechtsanwalt, »daß die Marke gestohlen war?«

»Ja, gewiß.«

»Eben, also gehört sie uns nicht. Der Erlös muß dem rechtmäßigen Eigentümer zurückerstattet werden!«

»Das können Sie doch nicht machen!« kreischte die Witwe. »Das war unsere Marke!«

Aber David sagte gelassen: »Der Erlös geht dorthin zurück, wo er rechtmäßig hingehört.«

»Und wenn wir das Geld nicht herausgeben?« erklärte der Neffe.

»Dann«, sagte David, »muß ich wohl ein paar Worte mit dem Gefängnisdirektor reden. Ich kann mir vorstellen, daß es lange Gefängnisstrafen für Hehlerei gibt. Dann wandert ihr alle ins Gefängnis.«

»Wo er recht hat, hat er recht«, meinte der Anwalt geknickt. Er warf David einen bösen Blick zu. »Samuel Stone hatte recht. Sie sind einfach viel zu ehrlich.«

So kam es, daß die berühmte Schwarze Penny zu ihrem Eigentümer zurückkam und die Erben von Samuel Stone fünfzehn Millionen Dollar verloren.

Immerhin, der Besitzer der Marke war nicht undankbar. Er schickte der Witwe einen Scheck.

Über hundert Dollar.

6. Kapitel

Es war wieder Montag vormittag. Alle sahen inzwischen jedem Montag mit Spannung entgegen, fürchteten ihn zugleich aber auch. Gespannt waren sie, weil sie dann jedesmal einen neuen Hinweis über einen weiteren Teil des Vermögens von Samuel Stone erhielten. Und sie fürchteten ihn, weil sie dabei jedesmal Samuel Stone am Fernsehschirm über sich ergehen lassen mußten, wie er sie beschimpfte.

Sie saßen also wieder in der Bibliothek und warteten auf den Butler, daß er kam, die Videokassette einlegte und den Fernseher einschaltete.

»Ich hoffe«, sagte die Witwe, »der Hinweis ist diese Woche leichter als letztes Mal.«

»Na ja, immerhin haben wir die Briefmarke aufgestöbert«, sagte der Neffe.

Der Rechtsanwalt grummelte: »Ja, sicher, aber dann hat uns David gezwungen, sie zurückzugeben.«

»Deshalb habt ihr aber jetzt auch alle ein sehr viel besseres Gewissen, das weiß ich«, sagte David, »weil ihr das Richtige getan habt.«

Tatsächlich hatten sie alle keineswegs ein besseres Gewissen und das Gefühl, das Richtige getan zu haben.

Sie fühlten sich vielmehr alle ärmer als zuvor. Der Butler kam und hatte das neue Videoband bei sich.

»Sind Sie bereit?« fragte er.

»Ja.«

»Gut.«

Er legte die Videokassette ein und stellte den Fernseher an.

Samuel Stones Kopf erschien ein weiteres Mal auf dem Bildschirm.

»Guten Morgen«, sagte er. »Ich nehme an, es geht euch allen gut. Heute habe ich ein paar sehr interessante Hinweise für euch.«

»Das möchten wir doch hoffen«, murmelte der Neffe.

»Diesmal schafft ihr es wahrscheinlich nicht. Hier kommt der erste Hinweis. Hat ihn jemand von euch gesehen, Yor heißt er?«

Alle sahen sich an. »Yor? Wer oder was ist Yor?«

Sie schüttelten automatisch den Kopf. Keiner wußte mit dem Wort Yor etwas anzufangen.

»Vielleicht finden wir etwas im Telefonbuch«, sagte die Witwe.

»Versucht erst gar nicht, im Telefonbuch nachzusehen«, sagte da bereits Samuel Stone vom Bildschirm. »Aber ist das nicht ein hübscher Name, Yor? Versucht doch mal, ihn zu singen. Aber ihr müßt ihn im richtigen Schlüssel singen.«

Der Rechtsanwalt räusperte sich und sang: »Yor ...!«

Die Witwe versuchte es mit höherer Stimme: »Yor …!«

Und auch der Neffe sang: »Yor …!«

Samuel Stone auf dem Bildschirm schüttelte den Kopf. »Das war ja eine scharfe Rasur. In einem Friseurladenquartett hättet ihr keine Chance damit.« Er grinste. »Gut, das war das Ende der Hinweise. Viel Glück!«

Der Bildschirm wurde dunkel.

»Das Ende der Hinweise?« zeterte die Witwe.

»Was denn für Hinweise?« fragte der Neffe. »Sollen wir etwa einen Sänger namens Yor suchen?«

David jedoch saß stumm da und blickte nachdenklich drein. »Wartet!« sagte er. »Ich glaube, ich weiß, was der Hinweis bedeutet.«

Alle drängten sich um ihn.

»Gehen wir zurück zum Anfang. Was sagte er da? *Hat ihn jemand gesehen, Yor heißt er.*«

»Ja, und was bedeutet es?« wollte die Witwe wissen.

»Wenn man die beiden Wörter ›gesehen‹ und ›Yor‹ zusammen spricht, und das schnell, was kommt dann heraus? Sehn-yor. Señor! Das bedeutet ›Mann‹ auf spanisch.«

Alle sahen ihn verwundert an.

»So, und jetzt gehen wir noch einen Schritt weiter«, sagte David. »Er sagte, das könne man singen. Das könnte eine Oper bedeuten. Und er redete von einem Friseurladen, dazu kann man auch Barbier sagen. Und es gibt eine Oper *Der Barbier von Sevilla.* Sevilla liegt in Spanien, wo die Männer Señor heißen. Versteht ihr? Und da liegt der Schlüssel zum heutigen Schatz!«

»Das stimmt!« rief der Anwalt. »Danach müssen wir suchen. Jemand in Sevilla, der Barbier heißt oder Barbiere vielleicht! Und eben ein Mann ist, wegen dieses Wortes Señor.«

Jetzt, da sie wieder ihre Spur zu haben glaubten, erfaßte sie sogleich die gleiche Geldgier wie jedesmal.

»Aber du könntest dich irren, David«, gab die Witwe zu bedenken.

»Genau«, sagte auch der Neffe. »Ich glaube nicht, daß es das ist.«

»Und ich auch nicht«, sagte der Anwalt.

David lächelte in sich hinein. Er wußte genau, was als nächstes passieren würde. Alle würden schnellstens nach Sevilla eilen, um dort einen Mann namens Barbier oder Barbiere zu suchen.

David hatte völlig recht. Die Witwe, der Neffe und der Anwalt flogen noch am selben Abend und in verschiedenen Flugzeugen nach Spanien und versuchten einander gegenseitig zuvorzukommen. Auch David nahm ein Flugzeug. Wenn er den Schatz fand, wollte er ihn der Stiftung Samuel Stone zur Hilfe für die Armen vermachen.

Sevilla ist eine schöne spanische Stadt mit alten Bauwerken, Denkmälern und Kirchen, die schon aus dem zehnten Jahrhundert stammen. Es ist eine der schönsten Städte der Welt. Aber daran waren sie alle nicht interessiert, sondern nur an ihrer Schatzsuche.

Die Witwe kam als erste an. Sie schaute ins Telefonbuch. Dort gab es vier Personen mit dem Namen Barbiere.

Sie beschloß, ihr Glück einfach der Reihe nach zu versuchen. Sie nahm ein Taxi zu der ersten Adresse, die sie im Telefonbuch gefunden hatte.

Sie erwies sich als Restaurant. Im Fenster hing ein Schild: »Bedienung gesucht.« Sie ging hinein. Ein Mann mittleren Alters mit einer Schürze begrüßte sie.

»Señor Barbiere?« fragte die Witwe.

»Ja?«

Die Witwe wußte, daß sie vorsichtig sein mußte. Sie konnte also nicht gleich mit der Tür ins Haus fallen und Fragen wegen eines Schatzes stellen.

»Sie sind wohl wegen der Stellung als Bedienung gekommen?«

Die Witwe wollte schon sagen: »Selbstverständlich nicht!« Doch dann besann sie sich eines Besseren. Hier zu arbeiten wäre vielleicht die beste Gelegenheit, diesen Señor Barbiere näher kennenzulernen und ihm dann erst Fragen nach dem Schatz Samuel Stones zu stellen.

Also sagte sie heuchlerisch: »Ja, deshalb bin ich hier.«

»Gut. Sie können gleich anfangen.«

Die ersten Gäste trafen bereits in dem Restaurant ein, und die Tische füllten sich.

»Draußen in der Küche finden Sie Berufskleidung«, sagte Señor Barbiere.

Die Witwe ging an die Arbeit als Bedienung. In ihrem ganzen Leben hatte sie so etwas noch nicht gemacht, und es gefiel ihr gar nicht. Die Gäste waren ungehobelt, und sie selbst brachte alle Bestellungen durcheinander und wurde dafür beschimpft und angeschrien. Noch ehe der Nachmittag vorbei war, hatte sie schreckliches Kopfweh.

Das halte ich nicht aus, dachte sie. *Noch ein Tag als Kellnerin, und es bringt mich um.*

Sie ging zu Señor Barbiere. »Hören Sie zu«, sagte sie, »ich will ehrlich mit Ihnen sein. Ich bin in Wirklichkeit gar keine Kellnerin.«

»Das habe ich von meinen Gästen schon zur Genüge gehört«, sagte der Señor. »Und wer sind Sie dann?«

»Ich bin die Witwe von Samuel Stone. Er hat Ihnen einen Schlüssel zu einem Teil seines Vermögens anvertraut, und den will ich haben.«

»Samuel Stone? Nie gehört.«

Sie war beim falschen Señor Barbiere.

Der Anwalt kam am späten Nachmittag in Sevilla an. Er schaute ebenfalls im Telefonbuch nach und beschloß, es beim zweiten Señor Barbiere, der darin stand, zu versuchen. Die Adresse führte ihn zu einem Fitneßzentrum.

Der Anwalt ging hinein und wurde von einem großen und kahlköpfigen Mann begrüßt.

»Sie möchten sich ein wenig ausarbeiten?«

Der Rechtsanwalt hatte natürlich keine Absicht, sich auszuarbeiten, wollte den Señor Barbiere jedoch auch nicht mißtrauisch machen.

Wenn ich ihm sage, ja, ich will mich ein wenig ausarbeiten, dachte er, *dann kommt man sich ein wenig näher, und dann kann ich ihn auch nach Samuel Stone ausfragen.*

Also sagte er: »Ja, ich möchte mich gerne ein wenig ausarbeiten.«

»Gut. Ziehen Sie sich aus. Dort hinten in dem Spind finden Sie Turnkleidung.«

»Gut.«

Der Anwalt zog sich um und ging dann in die große Turnhalle. Sie war voller Sportgeräte. Señor Barbiere suchte zwei große Hanteln aus und reichte sie ihm.

»Hier. Probieren Sie mal, ob Sie sie hochstemmen können.«

Aber sie waren derart schwer, daß sie den Anwalt fast zu Boden rissen.

»Aha«, sagte Señor Barbiere und musterte ihn, »besonders in Form sind Sie also nicht. Das macht nichts. Wir kriegen Sie im Handumdrehen hin.«

Den Rest des Nachmittags hatte der Anwalt Gelegenheit, sich auszuarbeiten mit Gewichtheben, Tretmühlenlaufen und Liegestützen, bis er total erschöpft war und ihm alle Muskeln weh taten, so daß er kaum noch stehen und gehen konnte. Endlich war es aus.

»Sehr gut«, sagte Señor Barbiere, »also dann bis morgen früh um neun, da machen wir weiter.«

Dem Anwalt war klar, daß er diese Tortur keine Minute mehr aushalten würde.

»Passen Sie auf«, sagte er deshalb, »eigentlich bin ich gar nicht gekommen, um mich auszuarbeiten.«

Señor Barbiere sah ihn verwundert an. »Ach nein? Ja, aber warum denn sonst?«

»Ich wollte eigentlich mit Ihnen nur über Ihren alten Freund Samuel Stone reden.«

»Meinen alten Freund wer?«

»Samuel Stone.«

»Ich kenne keinen Samuel Stone.«

Der Anwalt war am Boden zerstört. Er war zum falschen Señor Barbiere gekommen!

Der Neffe kam als dritter in Sevilla an. Er suchte sich den dritten Señor Barbiere im Telefonbuch aus, und das führte ihn zu einer *estanzia,* einem Landgut, wo Stierkämpfer ausgebildet wurden.

Er betrat das Haupthaus und wurde von einem finster aussehenden Spanier begrüßt.

»*Buenos Dias«,* sagte der Mann. »Kann ich Ihnen helfen?«

»Ja«, sagte der Neffe. »Ich suche Señor Barbiere.«

»Ja. Wenn Sie mir folgen möchten.«

Er führte den Neffen in ein großes Büro. Dort saß ein gutaussehender Mann am Schreibtisch.

»Señor Barbiere, der Herr hier möchte Sie sprechen.«

Señor Barbiere stand auf und reichte dem Neffen die Hand. »Guten Tag. Ich nehme an, Sie möchten auch Stierkämpferunterricht nehmen?«

Stierkämpferunterricht, der ist gut! dachte der Neffe. Das war so ziemlich das letzte auf der Welt, das ihn interessierte. Aber er wollte natürlich das Vertrauen dieses Señor Barbiere gewinnen, damit er ihn dann über das Vermögen Samuel Stones befragen konnte.

Und damit ich sein Vertrauen gewinne, dachte er, *muß ich ihn näher kennenlernen, damit auch er mir vertraut. Und am Ende kann es nichts schaden, ein paar Stierkämpferstunden zu nehmen.*

Also sagte er: »Ja, deshalb bin ich hier.«

»Gut. Ich bin sicher, es wird Ihnen gefallen. Viele meiner Schüler haben später Preise gewonnen.«

»Freut mich zu hören. Wann fangen wir an?«

»Wir können gleich anfangen. Kommen Sie, ich führe Sie hinaus zur Stierarena.«

Sie gingen durch das Haus und hinten in den hellen Sonnenschein hinaus. Die Stierarena war riesengroß. Señor Barbiere führte den Neffen zu einem kleineren Haus.

»Dort drinnen können Sie sich umziehen«, sagte er, »und sich einen Stierkämpferanzug aussuchen.«

Als der Neffe sich umgezogen hatte, kam er sich ziemlich albern vor. Er hatte schon Fotos von Stierkämpfern im Kino und im Fernsehen gesehen, aber nie daran gedacht, selbst einmal wie einer gekleidet zu sein.

Señor Barbiere musterte ihn und nickte beifällig.

»Sie sehen ganz gut aus«, sagte er. »Also, dann wollen wir mal einen Stierkampf machen.«

Der Neffe hatte erwartet, daß er es am Anfang höchstens mit einigen Stierkälbchen zu tun haben würde, mit harmlosen Tieren, denen er den Kopf tätscheln konnte. Statt dessen sah er sich gleich einem enormen Monstrum gegenüber, das ihn mit Leichtigkeit töten konnte. Panik überkam ihn. So hatte er sich das nicht vorgestellt.

Der Bulle scharrte schnaubend in seinem Gatter und wartete nur darauf, in die große Arena zu stürmen.

»Fertig?« fragte Señor Barbiere.

»Ja … Nein!«

Aber da wurde ihm schon das rote Tuch in die Hand gedrückt.

»Keine Sorge. Beim erstenmal hat jeder Angst!«

Señor Barbiere nickte jemandem zu, und der öffnete das Gatter. Der Bulle kam hereingestürmt.

»Einfach mit dem Tuch wedeln und dann beiseite treten!«

»Kann ich nicht«, sagte der Neffe.

Da kam der Stier bereits auf ihn zugerast.

»Hilfe!«

Señor Barbiere war an seiner Seite. Er griff sich das rote Tuch und zog es zur Seite. Der Bulle trampelte vorüber.

»Sehen Sie, wie leicht es ist? Jetzt versuchen Sie es alleine.«

»Nein!« rief der Neffe.

Aber da kam der Stier bereits wieder angerannt. Der Nefffe gab Fersengeld und flüchtete aus der Arena, so schnell er nur konnte.

Señor Barbiere kam ihm nach. »So geht es nicht!« schimpfte er. »Sie sind eine Schande für meine ganze Schule! Wer hat Ihnen nur eingeredet, Sie könnten Stierkämpfer werden?«

»Niemand«, sagte der Neffe. »Eigentlich bin ich nur gekommen, um mich nach dem Vermögen meines Onkels zu erkundigen.«

»Onkel? Was für ein Onkel?«

»Samuel Stone. Sie verwahren einen Schatz von ihm.«

»Ich? In meinem ganzen Leben habe ich noch nichts von einem Samuel Stone gehört.«

Der Neffe war verblüfft. »Er hat Ihnen nie etwas von seinem Schatz erzählt?«

»Ich sagte doch gerade, ich kenne den Mann überhaupt nicht!«

Der Neffe war geknickt. Er war beim falschen Señor Barbiere!

David kam als letzter in Sevilla an. Auch er schaute als erstes ins Telefonbuch und beschloß, mit dem letzten darin aufgeführten Señor Barbiere, dem vierten, zu beginnen.

Als er dort ankam, stellte er fest, daß es sich um einen Begleiter-Dienst handelte. Er ging hinein und befand sich vor einem sehr kleinen, fetten Mann.

»Ich möchte zu Señor Barbiere«, sagte David.

Der Mann lächelte. »Der bin ich. Zu Ihren Diensten.«

»Gut«, sagte David. »Sie könnten mir eine große Hilfe sein.«

»Dazu bin ich da«, sagte Señor Barbiere. »Und Sie werden zufrieden sein. Was für ein Mädchen hätten Sie gerne als Begleiterin? Groß, klein, blond, dunkelhaarig?«

»Wovon reden Sie denn?« sagte David.

»Sie können mir schon glauben. Ich weiß, wovon ich rede. Mein Begleiter-Service ist der beste ganz Spaniens. Unsere Mädchen stellen Sie zufrieden.«

»Ich brauche kein Mädchen«, sagte David.

Señor Barbiere nickte. »Ach so, verstehe. In diesem Falle haben wir auch junge Männer, die Sie sehr zufriedenstellen werden.«

»Moment«, sagte David. »Sie verstehen mich völlig falsch. Ich suche weder Mädchen noch junge Männer, sondern hätte nur gerne eine Auskunft.«

Señor Barbiere musterte ihn mißtrauisch. »Auskunft? Was für eine Art Auskunft?«

»Über Samuel Stone. Sie besitzen den Schlüssel zu einem Teil seines Vermögens.«

»Wie, sagten Sie, war der Name?«

»Samuel Stone.«

Señor Barbiere hob ratlos die Schultern hoch. »Nie von ihm gehört.«

»Sind Sie sicher?«

»Selbstverständlich.«

Auch David war also auf der falschen Spur.

Sie trafen einander wieder auf dem Flughafen für den Rückflug nach Hause. Sie waren niedergeschlagen und gaben David die Schuld an allem.

»Du und deine Schlußfolgerungen!« fauchte die Witwe. »Alle sind wir den ganzen Weg nach Spanien umsonst gekommen! Mir fallen fast die Füße ab, so weh tun sie mir von dieser blöden Arbeit als Bedienung.«

Der Anwalt sagte: »Und ich kann mich kaum noch rühren vor Muskelkater überall.«

»Mich«, sagte der Neffe, »hätte fast ein Stier umgebracht.«

»Es tut mir leid«, sagte David. »Wir müssen uns wohl dieses Videoband noch einmal genau anhören.«

Sie waren alle wieder in der Bibliothek versammelt und sagten zum Butler: »Wenn Sie uns das letzte Videoband noch einmal vorspielen würden.«

»Ich weiß nicht«, wandte der Butler ein, »ob ich das tun kann. Mr. Stones Anweisungen an mich vor seinem Tod waren ausdrücklich, daß ich Ihnen nur jeden Montag jeweils ein Band vorspielen dürfe. Von einer wiederholten Abspielung sagte er nichts.«

»Schon gut«, sagte die Witwe. »Ich übernehme die volle Verantwortung.«

»Na gut. Dann will ich die Videokassette mal holen.«

Sie warteten, daß er wiederkam.

Inzwischen fragte der Neffe: »Wozu eigentlich wollen wir es uns noch einmal anhören? Wir kennen es doch und wissen, was er sagt. Und was hat es uns eingebracht? Diese fruchtlose Jagd in Spanien.«

»Wir könnten etwas überhört haben«, meinte David.

Der Butler kam zurück. Sie sahen zu, wie er das Videoband einlegte.

»Also gut«, sagte David dann. »Passen wir genau auf.«

Samuel Stone erschien auf dem Bildschirm.

»Hat ihn jemand von euch gesehen, Yor … Ist das nicht ein hübscher Name? Versucht doch mal, ihn zu singen. Aber ihr müßt ihn im richtigen Schlüssel singen … scharfe Rasur … Friseurladenquartett …«

Dann war das Band wieder zu Ende, und der Bildschirm wurde dunkel.

»So, und wozu war das nun gut?« raunzte die Witwe. »Wir sind genauso klug wie zuvor.«

»Nein, eben nicht!« sagte David, der die ganze Zeit mit konzentriertem Gesicht dagesessen hatte. »Ich hab's! Wir sind einer falschen Spur gefolgt!«

»Na, das wissen wir schon«, sagte der Anwalt.

David erhob sich aufgeregt. »Er hat uns in die falsche Richtung gelenkt. Er wollte, daß wir denken sollen, aha, Oper, Barbier von Sevilla, und nach Spanien reisen. Aber der tatsächliche Hinweis ist dieser Ausdruck *scharfe Rasur,* versteht ihr? Wo bekommt man eine scharfe Rasur? Bei seinem Friseur, Barbier! Wir müssen Samuel Stones Friseur suchen!«

»Großartig!« rief der Rechtsanwalt und fragte die Witwe: »Wer war der Friseur Ihres Mannes?«

»Das weiß ich nicht«, sagte die Witwe kopfschüttelnd.

»Na, aber irgend jemand muß es doch wissen!«

Sie riefen den Butler herein.

»Wissen Sie, wo sich Mr. Stone die Haare schneiden ließ?«

»Nein. Dorthin fuhr er immer allein. Und den Namen seines Barbiers hat er niemals erwähnt.«

Alle sahen sie sich frustriert an.

»Nun ja«, meinte der Neffe, »darüber sollten wir uns vielleicht keine grauen Haare wachsen lassen. Das herauszufinden, dürfte wohl nicht allzuschwer sein. Ich will mal im Telefonbuch nachsehen.«

»Da kommen wir mit«, sagte die Witwe sogleich, weil sie natürlich nicht wollte, daß der Neffe irgendeinen Vorsprung gewann. Und so sahen sie alle zu, wie der Neffe das Telefonbuch an der Seite aufschlug, wo alle Friseurläden aufgeführt waren. Aber es waren volle drei Seiten, Hunderte von Namen.

»O Gott«, sagte der Anwalt, »da finden wir den Richtigen nie.«

»Wir teilen sie uns auf«, schlug David vor, »in vier Teile. Und jeder sucht seine Liste durch.«

»Gute Idee!«

Und jeder ging in ein separates Zimmer, wo Telefone standen.

»Moment noch, David!« rief die Witwe. »Wir brauchen noch eine Abmachung. Wer den Friseurladen findet, teilt den Schatz mit allen anderen, ja? Einverstanden?«

»Absolut«, sagte der Neffe.

»Selbstverständlich«, sagte der Anwalt.

»Ist mir recht«, erklärte David.

»Und mir auch«, fügte die Witwe hinzu.

Aber außer David logen sie wieder einmal alle. Denn jeder wollte den Schatz in Wirklichkeit nur für sich allein.

Sie begannen zu telefonieren, jeder in einem eigenen Raum.

»Acme Friseursalon.«

»Entschuldigung, war Samuel Stone Kunde bei Ihnen?«

»Nein.«

»Friseursalon Metropolitan.«

»Verzeihung, aber hatten Sie vielleicht einen Kunden namens Samuel Stone?«

»Bedaure, nein.«

»Salon Diamond.«

»War ein gewisser Samuel Stone Ihr Kunde?«

Und so zu, die ganzen Adressen durch. Sie fragten in sämtlichen Friseursalons der Stadt nach. Aber ständig war die Antwort die gleiche: Nein!

Bis dann …

Der Neffe war bei seinem dreißigsten Telefonat und schon ganz mutlos.

»Friseursalon West Side.«

»Sie hatten wohl auch nie einen Kunden namens Samuel Stone, wie?«

»Aber selbstverständlich doch! Der arme Mr. Stone! Wir kannten ihn alle gut.«

Dem Neffen hüpfte vor Freude das Herz im Leibe. Er hatte ihn gefunden! »Vielen Dank auch!« sagte er.

Er notierte sich die Adresse und steckte den Zettel in die Tasche. Er hatte keinerlei Absicht, die gute Nachricht mit den anderen zu teilen. Statt dessen schlich er sich heimlich zur Hintertür hinaus und zu seinem Auto.

Die Witwe sah, während sie unablässig telefonierte, zufällig zum Fenster hinaus und erblickte den Neffen, wie er gerade in sein Auto stieg. *Holla!* dachte sie und wußte sofort, was das zu bedeuten hatte. Der Neffe hatte den richtigen Barbier gefunden!

Sie eilte hinaus zu ihrem eigenen Auto, um ihn zu verfolgen. Auch sie hatte keine Absicht, den Schatz mit den anderen zu teilen.

Auch der Anwalt sah, während er telefonierte, wie die Witwe zu ihrem Auto rannte, und wußte ebenfalls sofort, was da vor sich ging. Und er verfolgte die Witwe.

Und schließlich sah auch David, wie sich der Anwalt heimlich davonmachte, und dachte: *Aha, also sie haben herausgebracht, was es für ein Friseurladen ist.* Und er verfolgte seinerseits den Anwalt.

Nacheinander kamen sie so vor dem Friseurladen an und eilten hinein.

»Wer ist der Chef hier?« fragte der Neffe gebieterisch.

Ein älterer, grauhaariger Mann sagte: »Das bin ich.«

»Haben Sie Samuel Stone bedient?«

Der Friseur lächelte. »Vierzig Jahre lang war ich sein Barbier.« Er blickte auf, als die anderen drei nacheinander ebenfalls hereingestürmt kamen. »Ich habe sie alle schon erwartet«, sagte er dann. »Mr. Stone gab mir einen Schlüssel, den ich für ihn aufbewahren sollte. Den sollte ich Ihnen aushändigen, wenn Sie kämen.«

Er zog eine Schublade auf und entnahm ihr einen Schlüssel für ein Bankschließfach. Ein Schild hing daran: FIRST NATIONAL BANK.

»Geben Sie ihn mir!« verlangte die Witwe und streckte die Hand aus.

Aber der Neffe rief: »Ich war zuerst da!«

»Nicht so hastig«, sagte der Anwalt. »Wir fahren alle zusammen hin.«

Und so geschah es.

Sie fuhren zur First National Bank, öffneten das Tresorschließfach und entnahmen ihm die darin liegenden Wertpapiere über zehn Millionen Dollar.

Sie teilten sie untereinander auf. Alle träumten sie wieder davon, was sie mit dem Geld alles anfangen würden.

»Und was wollen Sie mit Ihrem Geld machen, David?« fragte die Witwe.

Aber sie wußten die Antwort ja schon alle. Der arme Narr gab erneut alles für die Wohltätigkeit.

7. KAPITEL

Es war Samstag vormittag. Aber wie wir, wenn wir gut aufgepaßt haben, alle wissen, erschien der alte Samuel Stone immer erst am Montagmorgen, um seinen Erben die nächsten Hinweise für einen weiteren Teil seines Vermögens zu geben.

In dieser Woche allerdings beschloß der Neffe, nicht zu warten. Er hatte eine brillante Idee, wie er sich einen großen Vorsprung vor allen anderen sichern könnte. *Ich bin ein Genie,* sagte er zu sich selbst. *Ein absolutes Genie!*

Der Samstag war der Tag, an dem der Butler einzukaufen pflegte. Als der Neffe ihn das Haus verlassen sah, schlich er sich in dessen Zimmer und suchte nach der Videokassette, die am Montag abgespielt werden sollte. Er fand sie in einer Schublade versteckt.

Er hielt sie hoch und dachte: *Ha, jetzt habe ich die Hinweise des Onkels einmal vor den anderen und kann diesen Schatz ganz für mich allein heben und behalten!*

Er ging mit dem Band in die Bibliothek und sperrte die Tür zu, damit ihn niemand überraschen und sehen konnte, was er tat. Er legte die Kassette ein und stellte den Fernseher an.

Und Samuel Stone erschien auf dem Bildschirm.

»Nun«, sagte er, »ich nehme an, ihr seid wieder alle bereit für den nächsten Hinweis.«

»Ja doch, ja!« rief der Neffe ungeduldig und konnte vor Erwartung gar nicht stillsitzen.

»Das ist eine schöne Jahreszeit jetzt«, sagte Samuel Stones Stimme. »Das Wetter sollte schön sein. *Oh, what a beautiful morning!*«

»Das soll ein Hinweis sein?« rief der Neffe ungehalten. »*Oh, what a beautiful morning* ist ein Lied aus dem Musical namens *Oklahoma!* Und was hat das mit dem Schatz zu tun, bitte?«

Aber Samuel Stones Stimme sprach bereits weiter. »Hier ist ein Rätsel für euch. Was haben eine Banane, eine Kokosnuß und ein Auto gemeinsam? Ahnt ihr, worum es sich da handeln kann?«

Dem Neffen sank der Mut. *Was für ein verrücktes Rätsel ist das denn?* dachte er. Er ging zum Fernseher und sagte: »Gib mir noch einen Tip, Onkel!«

Aber die Aufnahme war zu Ende. Es gab keine weiteren Hinweise.

Mist! dachte der Neffe. *Das ist ganz unmöglich. Nicht einmal David dürfte das herauskriegen.* Es ergab keinen Sinn! Oklahoma, eine Banane, eine Kokosnuß, ein Auto! Zwecklos.

Der Neffe war völlig niedergeschlagen.

Sehr vorsichtig, damit ihn auch niemand sah, brachte er die Kassette zurück in das Zimmer des Butlers und legte sie wieder an ihren Platz. Jetzt wußte er zwar im voraus und vor den anderen, was auf dem Band vom Montag war. Aber es half ihm nichts, weil er keine Ahnung hatte, was es bedeutete.

Er ging in den Speiseraum, wo die Witwe, der Anwalt und David beim Essen saßen.

»Wo warst du?« fragte die Witwe. »Du kommst zu spät zum Essen.«

»Ich habe gelesen«, log der Neffe. Er setzte sich an den Tisch. »Was gibt es denn Schönes?«

»Hühnchen oder Fisch.«

»Ich glaube, ich nehme den Fisch.«

Er bediente sich von der großen Platte. Aus der Bibliothek kam das Klingeln des Telefons. Es läutete unaufhörlich.

»Warum geht denn der Butler nicht hin?« fragte der Anwalt.

»Er ist nicht da, er ist beim Einkaufen«, sagte der Neffe. »Ich gehe schon.«

Er ging in die Bibliothek und hob ab. Eine männliche Stimme sagte: »Ich hätte gerne mit Mr. Samuel Stone gesprochen, bitte.«

»Das tut mir leid«, sagte der Neffe. »Mr. Stone ist vor einigen Wochen verstorben.«

»Was?«

»Ja. Kann ich etwas für Sie tun?«

»Ich hatte geschäftlich mit Mr. Stone zu tun. Wir waren Partner. Ich rufe aus Oklahoma an!«

Oklahoma! Die Gedanken des Neffen begannen zu rasen.

»Wie, sagten Sie, war Ihr Name?«

»Ich habe ihn noch gar nicht gesagt. Handel. Joe Handel.«

Dem Neffen drehte sich alles im Kopf. *Oklahoma. Handel!* (»Ahnt ihr, worum es sich da handel-n kann?«)

»Und was für Geschäfte waren das?«

»Öl. Samuel und ich machten Ölgeschäfte miteinander.«

Das Rätsel wurde für den Neffen noch klarer. *Was haben eine Banane, eine Kokosnuß und ein Auto gemeinsam? Banane und Kokosnuß enthalten Öl, Autos verbrauchen es!*

Joe Handel sprach weiter. »Ich habe eben ein neues Ölvorkommen entdeckt! Samuel Stone und ich waren an der Sache gemeinsam beteiligt. Die Hälfte davon gehört also Mr. Stone.«

Der Neffe war so aufgeregt, daß er kaum ein Wort herausbrachte. »Und wieviel ist das wert?«

»An die zwanzig Millionen insgesamt, zehn für mich, zehn für ihn.«

Nein, nein! dachte der Neffe. *Nicht für ihn. Für mich! Das kassiere ich ganz allein ein.*

Er konnte es gar nicht erwarten, die belemmerten Gesichter der anderen zu sehen, wenn sie erfuhren, wie raffiniert er sie ausmanövriert und übertölpelt hatte.

»Wo befindet sich denn dieses neue Ölfeld?« fragte er.

Handel zögerte. »Das möchte ich doch lieber nicht am Telefon sagen. Paßt es Ihnen, wenn ich komme und es Ihnen persönlich mitteile?«

»Absolut«, versicherte ihm der Neffe. »Wie bald können Sie dasein?«

»Morgen früh vielleicht. Was habt ihr da oben bei euch für Wetter? Soll ich einen Mantel mitnehmen?«

Der Neffe sah aus dem Fenster. Es schneite. »Ja«, sagte er. »Es ist kalt. Sie nehmen besser einen mit. Ich hole Sie am Flughafen ab. Wie erkenne ich Sie?«

»Na ja, ich bin ziemlich klein, nur eins fünfundsechzig, und ich habe eine Glatze. Bis morgen früh also.«

Richtig, dachte der Neffe und freute sich, *und mit zehn Millionen Dollar.*

Früh am nächsten Morgen, bevor die anderen noch aufgewacht waren, schlich sich der Neffe aus dem Haus. *Wie bin ich nur so raffiniert geworden?* dachte er. *Zuerst verschaffe ich mir das neue Videoband, und dann löse ich auch noch ganz allein das Rätsel und finde Mr. Handel.*

Die Straßen waren rutschig. Es herrschte Glatteis. Der Neffe fuhr ganz vorsichtig. Er wollte auf keinen Fall, daß irgend etwas Dummes verhinderte, ihn in den Besitz dieses Vermögens gelangen zu lassen. Die zehn

Millionen würden diesmal wirklich allein für ihn sein, weil er sie ja zuerst gefunden hatte. Also brauchte er sie, meinte er, nicht mit den anderen zu teilen.

Er liebte schöne Frauen und Glücksspiel und ging gerne zum Vergnügen in Nachtlokale. *Mit diesem vielen Geld habe ich fürs Leben ausgesorgt,* dachte er froh.

Am Flughafen ging es sehr lebhaft zu, aber er hatte keine Probleme, Mr. Handel zu finden und zu erkennen. Mr. Handel hatte sich selbst perfekt beschrieben. *Ich bin ziemlich klein, nur eins fünfundsechzig, und ich habe eine Glatze.* Es gab im ganzen Flughafen nicht gerad viele nur eins fünfundsechzig große und dazu auch noch kahlköpfige Männer.

Er ging auf ihn zu. »Mr. Handel?«

»Ja. Dann müssen Sie der Neffe sein.«

»Richtig. Freut mich, Sie kennenzulernen.«

Sie gaben sich die Hand.

»Haben Sie Gepäck?« fragte der Neffe.

»Nein. Ich bleibe nicht lange. Ich bin nur gekommen, um Ihnen die Auskünfte zu geben, die Sie wünschen.«

Auskünfte, die zehn Millionen Dollar wert sind! »Das ist sehr freundlich von Ihnen, Mr. Handel. Mein Wagen steht draußen. Gehen wir?«

Sie gingen durch die Menschenmenge im Flughafengebäude hinaus zum Auto des Neffen.

»Es tut mir sehr leid, daß Ihr Onkel verstorben ist«, sagte Mr. Handel. »Er war verschlagen, aber doch ein guter Geschäftsmann.«

»Wir haben ihn alle geliebt«, log der Neffe. »Sie sagten, Sie und mein Onkel waren Partner in einem Ölgeschäft?«

»Richtig. Wir waren Geschäftspartner. Auf das Öl sind wir erst vor ein paar Tagen gestoßen.«

»Und Sie sagen, dieses Ölfeld ist zwanzig Millionen wert?«

»Ja. Der Anteil Ihres Onkels beläuft sich also auf zehn Millionen.«

Der Neffe stellte nun eine sehr wichtige Frage. »Gibt es irgendwelche Hindernisse, daß Sie dieses Geld mir übergeben?«

Mr. Handel dachte kurz nach. »Nicht, daß ich wüßte. Sie sind ja Angehöriger, nicht wahr?«

»Ja.«

»Dann sehe ich keinen Hinderungsgrund, warum Sie das Geld nicht bekommen sollten.«

Der Neffe war ganz selig. Sein Traum war endlich Wahrheit geworden. Zehn Millionen, und die für ihn allein.

»Die Urkunde für den Anteil Ihres Onkels ist in einem Schuppen auf dem Ölfeld hinterlegt. Sie müssen sie dort nur abholen.«

»Wunderbar«, sagte der Neffe.

Jetzt mußte er nur noch wissen, wo dieses Ölfeld war. Sie waren am Haus angekommen. Mr. Handel betrachtete es bewundernd.

»Sehr schönes Haus«, sagte er.

»Ja. Es hat Onkel Samuel gehört. Jetzt gehört es der Familie.«

M. Handel stieg aus, der Neffe folgte ihm.

»Wo, sagten Sie, befindet sich das Ölfeld?«

Sie begannen die Treppe zum Eingang hinaufzusteigen.

»Es befindet sich direkt …«

Die Stufen der Treppe waren ebenfalls voller Glatteis, und Mr. Handel rutschte in diesem Augenblick darauf aus. Er fiel hintenüber und schlug mit dem Kopf auf eine der Betonstufen. Er setzte sich auf und sah halb betäubt aus. Seine Augen waren glasig.

»Sind Sie in Ordnung, Mr. Handel?« fragte der Neffe und half ihm auf.

Mr. Handel sah ihn an und sagte: »Was mache ich hier eigentlich?«

»Nun, Sie kamen her, um mir zu sagen, wo sich das Ölfeld befindet.«

»Was für ein Ölfeld?«

»Nun machen Sie mal keine Scherze«, sagte der Neffe.

Mr. Handel sah sich um. »Wo bin ich?«

»Hier im Haus von Samuel Stone.«

Mr. Handel sah den Neffen ratlos an. »Wer ist Samuel Stone?«

Nun wurde dem Neffen plötzlich klar, was geschehen war. Mr. Handel hatte durch den Sturz und den Stoß auf seinen Kopf das Gedächtnis verloren! Er konnte sich an nichts mehr erinnern!

Der Neffe konnte es nicht glauben. »Wissen Sie denn nicht mehr, wer Samuel Stone war?« fragte er fieberhaft.

Mr. Handel schüttelte den Kopf. »Ich weiß überhaupt nichts mehr! Wer bin ich?«

»Sie heißen Handel. Sie sind aus Oklahoma gekommen. Sie waren zusammen mit Samuel Stone im Ölgeschäft.«

Mr. Handel sah ihn verständnislos an. »Was habe ich im Ölgeschäft zu suchen?«

»Na, Geld verdienen!« rief der Neffe schon ganz verzweifelt. »Sie wollten mir gerade eben sagen, wo sich das neue Ölfeld befindet.«

»Tut mir leid«, seufzte Handel. »Ich kann mich an nichts erinnern. Und ich fühle mich gar nicht gut.«

Die Knie wurden ihm weich und gaben nach. Der Neffe fing ihn gerade noch auf.

»Kommen Sie, wir legen Sie ins Bett«, sagte er.

Er war sich sicher, mit etwas Bettruhe würde Mr. Handel sein Gedächtnis schon wiederfinden.

Er machte vorsichtig die Haustür auf, um sich zu vergewissern, daß auch niemand da war, und half Mr. Handel dann die Treppe hinauf in eines der Gästezimmer.

»Ich fühle mich gar nicht gut«, sagte Mr. Handel noch einmal. »Ich habe schreckliche Kopfschmerzen. Vielleicht sollte ich lieber zum Arzt.«

»Das wird nicht nötig sein«, beruhigte ihn der Neffe.

Das letzte, was er wollte, war, daß irgend jemand mit dem Mann, welcher den Schlüssel zu den zehn Millionen besaß, in Kontakt trat.

»Legen Sie sich hin und ruhen Sie sich aus. Es wird bestimmt bald vorbei sein.«

Er half Mr. Handel ins Bett und beobachtete ihn, wie er die Augen schloß und bald darauf eingeschlafen war.

Ich und mein Glück! knurrte der Neffe. *Noch ein paar Sekunden, und er hätte mir gesagt, wo das Ölfeld ist. Dafür muß ich jetzt warten, bis er sein blödes Gedächtnis wiederhat.* Aber das Wichtigste war, daß niemand von Handels Anwesenheit im Haus erfuhr.

Der Neffe hörte, wie die anderen allmählich wach wurden. Er schloß die Tür des Gästezimmers und ging nach unten zu ihnen. Sie saßen beim Frühstück.

»Du warst schon weg heute morgen«, sagte David. »Ich sah, daß dein Auto nicht da war.«

»Ach, es war so ein schöner Tag, da entschloß ich mich zu einer kleinen Ausfahrt.«

Alle sahen sie zum Fenster, vor dem tüchtiges Schneetreiben herrschte.

»Ich meine«, sagte der Neffe, »so ein schöner Schneetag. Ich fahre furchtbar gern spazieren, wenn es schneit.« Er stotterte fast, so nervös war er.

Als das Frühstück zu Ende war, fragte ihn der Rechtsanwalt: »Machen wir ein Kartenspiel?«

»Nein, ich habe noch zu tun.«

Er eilte hastig nach oben, vergewisserte sich, daß ihn niemand sah, und ging wieder in das Gästezimmer.

Mr. Handel war wieder wach. *Inzwischen wird er sein Gedächtnis ja wohl wiedergefunden haben,* dachte der Neffe.

»Wie fühlen Sie sich?« fragte er.

Mr. Handel sah ihn mit glasigen Augen an. »Wer sind Sie denn?«

Dem Neffen sank wieder der Mut. »Samuel Stones Neffe doch!«

»Wer ist Samuel Stone?«

»Ihr Geschäftspartner!« schrie ihn der Neffe an. »Und dem schulden Sie zehn Millionen Dollar!«

Mr. Handel sah ihn verständnislos an. »Zehn Millionen Dollar? Ich habe keine zehn Millionen Dollar!«

»Sie haben sogar zwanzig Millionen! Und die Hälfte davon gehört mir. So versuchen Sie sich doch zu erinnern!«

»Ich kann nicht.« Er begann, aus dem Bett aufzustehen. »Ich habe Hunger.«

»Bleiben Sie, wo Sie sind«, sagte der Neffe. »Ich hole Ihnen ein Frühstück. Verlassen Sie auf keinen Fall dieses Zimmer.« Es wäre eine Katastrophe gewesen, wenn ihn die anderen gesehen hätten. »Ich bin gleich wieder da«, versprach er.

Er ging nach unten in die Küche und sagte zum Koch: »Ich habe Hunger.«

Der Koch sah ihn verwundert an. »Sie haben doch gerade erst gegessen.«

»Das mag schon sein«, sagte der Neffe. »Aber Schnee macht mich immer hungrig. Würden Sie mir etwas zurechtmachen? Vielleicht ein paar Sandwiches?«

Er sah zu, wie der Koch einige Sandwiches machte und sie auf ein Tablett legte.

»Soll ich es in das Speisezimmer bringen?«

»Nein, nein«, sagte der Neffe. »Ich nehme sie selbst mit.« Er nahm das Tablett und eilte geschwind damit nach oben in das Gästezimmer. Aber er übersah, daß ihm David nachblickte.

David war verwundert. Wieso trug der Neffe ein Tablett mit Sandwiches nach oben?

Der Neffe sagte im Gästezimmer zu Mr. Handel: »Hier, ich habe Ihnen ein paar schöne belegte Brötchen gebracht.«

»Wieso?« sagte Mr. Handel. »Ich habe keinen Hunger. Ich will nur weg hier.«

»Das können Sie nicht!« rief der Neffe.

»Wieso nicht?«

In diesem Augenblick kam David herein.

Der Neffe geriet in Panik.

»Wen haben wir denn da?« fragte David.

»Das ist ... ich meine, war ... ich meine ... es ist ein ... alter Freund von mir. Mr. Jones.«

»Ist das mein Name?« fragte Mr. Handel. »Mr. Jones?«

»Wissen Sie denn Ihren eigenen Namen nicht?« fragte David.

»Selbstverständlich kennt er seinen Namen«, erklärte der Neffe. »Nicht wahr, Mr. Jones?«

»Nein.«

»Da scheint einige Verwirrung zu herrschen«, sagte David. »Also, wissen Sie jetzt Ihren Namen oder nicht?«

»Die Sache ist so«, log der Neffe, »er kam an unserem Haus vorbei und rutschte aus und fiel hin, auf den Kopf, und jetzt hat er Gedächtnisverlust.«

»Soll das heißen, du kennst ihn gar nicht?«

»Nein. Ich habe ihn im ganzen Leben noch nicht gesehen.«

Mr. Handel sagte zu alledem nichts, weil er tatsächlich nicht mehr wußte, wer der Neffe war und wer er selbst.

Die Witwe und der Anwalt kamen gerade zufällig an dem Gästezimmer vorbei und hörten Stimmen darin. Sie traten ein und sahen einen völlig Fremden im Bett liegen.

»Wer ist das denn?« fragte die Witwe. »Was macht der Mensch hier in meinem Haus?«

»Ich weiß nicht, wer er ist«, sagte David.

Da mischte sich der Neffe hastig ein. Er wollte um keinen Preis, daß die anderen die Wahrheit erfuhren. »Ein Fremder«, sagte er. »Er ging am Haus vorbei und rutschte auf dem Glatteis aus. Er stürzte unglücklich auf den Kopf. Ich brachte ihn herein, damit er sich ein wenig erholen kann.«

»Jedenfalls kann er nicht hier in meinem Haus bleiben«, entschied die Witwe kurz angebunden. »Schafft ihn fort.«

Der Anwalt pflichtete ihr bei. »Richtig. Wir können hier im Haus keine Fremden brauchen.«

»Wartet mal«, protestierte David. »Der Mann ist krank. Man kann ihn nicht einfach hinauswerfen.«

»O doch, das kann ich«, erklärte die Witwe. »Und zwar auf der Stelle.« Und sie sagte zu dem Mann im Bett: »In fünf Minuten sind Sie weg.«

»Aber wo soll er denn hin?« wandte David ein.

»Das ist sein Problem«, sagte der Anwalt.

Der Neffe war wütend. Er war so nahe daran gewesen, sich den Schatz der zehn Millionen zu sichern. Aber jetzt, da er sein Gedächtnis verloren hatte, nützte ihm Mr. Handel gar nichts mehr. Auch er hatte nichts mehr dagegen, daß man ihn hinauswarf.

»In fünf Minuten!« wiederholte die Witwe.

David sah den anderen nach, wie sie aus dem Zimmer gingen, und ging zurück zum Bett. »Das tut mir sehr leid, Mr. Jones, oder wie Sie heißen.«

»Wenn ich es nur wüßte«, sagte der Mann.

Er tat David leid, der ihm den Kopf tätschelte und sagte: »Kommen Sie mit mir. Ich bringe Sie in ein Krankenhaus, damit man sich dort um Sie kümmert.«

»Das ist sehr freundlich von Ihnen«, sagte Mr. Handel. Er stand auf. »Diese Leute da scheinen recht herzlos zu sein. Einen kranken Mann auf die Straße hinauszuschicken.«

»Sie meinen es nicht so«, sagte David. Immer redete er nur das Beste über andere.

Die Witwe, der Neffe und der Anwalt standen in der Bibliothek und beobachteten, wie David den Mann hinaus auf die Straße begleitete.

»Er ist einfach zu gutherzig«, schnarrte die Witwe und meinte David damit. »Der muß noch lernen, daß man hart sein muß im Leben.«

»Und rücksichtslos«, ergänzte der Anwalt.

Der Neffe sagte nichts. Er hatte nur Angst, irgendwie würde doch noch herauskommen, wer Mr. Handel tatsächlich war, und daß man ihm dann Betrugsvorwürfe wegen des Schatzes machen würde.

An der Haustür sagte Mr. Handel zu David: »Ich habe Angst. Ich kann mich nicht erinnern, wer ich bin oder wo ich wohne oder sonst etwas. Ich habe kein Geld und weiß nicht, wohin. Was soll aus mir werden?«

»Machen Sie sich keine Sorgen«, beruhigte ihn David. »Ich kümmere mich schon um Sie.«

Er machte die Tür auf, und sie traten hinaus ins Freie. Es schneite noch heftiger als zuvor, und ein kräftiger Wind pfiff. Sie gingen die Aufgangstreppe hinab.

»Vorsichtig«, sagte David.

Aber da war es schon zu spät. Mr. Handel rutschte

erneut aus und fiel wieder mit dem Hinterkopf auf eine Betonstufe.

David beugte sich alarmiert zu ihm hinab. »Ist alles in Ordnung?«

Mr. Handel machte die Augen auf. »Wer sind Sie denn?« fragte er.

David starrte ihn an. »Was?«

Mr. Handel stand auf und sah sich um. »Ist dies das Haus Stone?«

»Ja.«

»Wo ist dieser andere Bursche?«

David war ratlos. »Welcher andere Bursche?«

»Na, der Neffe. Der mich hierherbrachte.«

»Ich weiß nicht, wovon Sie reden«, sagte David.

»Schauen Sie, ich habe mit diesem Neffen gesprochen und ihm erzählt, daß ich zehn Millionen für Samuel habe. Wir waren Partner bei der Erschließung eines Ölfelds.«

Da war David auf einmal alles sonnenklar. »Sie haben Ihr Gedächtnis wiedergefunden!«

»Wovon reden Sie denn da?« wollte Mr. Handel wissen. »Als wenn ich es jemals verloren hätte!«

David sagte: »Haben Sie dem Neffen schon gesagt, was für ein Ölfeld das ist?«

»Nein, noch nicht. Es befindet sich nahe bei Enid in Oklahoma.«

»Und ist zehn Millionen wert?«

»Nein, zwanzig. Für mich zehn und für Stone zehn.

Jetzt natürlich, wo Samuel tot ist, gehört sein Anteil ja wohl seinen Erben.«

»Das stimmt«, sagte David und war sehr erfreut. »Kommen Sie doch wieder mit ins Haus.«

Die anderen in der Bibliothek waren ziemlich überrascht, als sie David und den Fremden zurückkommen sahen.

»Was macht dieser Mr. Jones noch hier?« herrschte die Witwe sie an. »Ich denke, Sie bringen ihn weg.«

»Er heißt nicht Jones«, erläuterte David. »Dies ist Mr. Handel. Sagen Sie es selbst, Mr. Handel!«

Und Mr. Handel sagte es.

Alle waren sie hocherfreut, von dem vielen Geld zu hören.

Alle außer dem Neffen natürlich, der ja eigentlich alles für sich allein haben wollte. Wäre er ein freundlicherer Mensch gewesen und hätte an Stelle Davids Mr. Handel hinausbegleitet, dann wäre dies sogar wahr geworden. Dann hätte Handel ihm den Ort des Schatzes verraten.

Als die anderen aber nun erfuhren, was für ein Doppelspiel der Neffe getrieben hatte, warnte ihn der Rechtsanwalt streng: »Machen Sie so etwas nicht noch einmal! Es ist ausdrücklich festgelegt, daß wir die Videobänder immer alle zusammen anschauen. Denken Sie daran und halten Sie sich daran. Und versprechen Sie es!«

»Ja, ich verspreche es«, sagte der Neffe.

»Ich verspreche es auch«, sagte die Witwe.

»Und ich ebenfalls«, fügte der Anwalt hinzu.

Aber alle miteinander kreuzten sie dabei heimlich die Finger.

8. Kapitel

Samuel Stone hatte einen Hund besessen, groß wie ein Pony. Es war eine Dänische Dogge, riesig und häßlich. Alle nannten ihn nur *Stupid,* Dummer. Aber er war sehr gutmütig und wedelte jeden mit dem Schwanz an und versuchte, allen gleich das Gesicht abzulecken. Doch das fand man eklig.

Sooft *Stupid* dem Neffen nahe kam, trat dieser nach ihm. Auch der Rechtsanwalt schubste ihn immer gleich zur Seite, und die Witwe schrie ihn nur an.

Stupid verschlang auch enorme Mengen Futter.

Er war sehr lästig.

Die Witwe sagte zu dem Rechtsanwalt: »Haben Sie eine Vorstellung, wieviel es kostet, diesen Hund zu füttern? Er vertilgt mehr als wir alle zusammen. Ich möchte ihn loswerden.«

»Aber Onkel Samuel liebte ihn«, sagte der Neffe.

»Und er ist tot!« beschied ihn die Witwe. »Deshalb gehört dieser Hund jetzt mir. Und drum kann ich mit ihm machen, was ich will!«

»Und was willst du mit ihm machen?« erkundigte sich David.

»Verkaufen! Er hat einen guten Stammbaum und ist wahrscheinlich viel wert.«

»Wenn Sie meine Meinung hören wollen«, sagte David, »ich glaube, Sie würden damit einen Fehler begehen. Dieses Tier gehört hierher. Hier ist sein Zuhause.«

»Jetzt nicht mehr«, sagte die Witwe.

Noch am selben Nachmittag brachte die Witwe den Hund zu einer Tierhandlung.

»Ja?« fragte der Inhaber.

»Ich möchte diesen Hund verkaufen.« Die Witwe wollte dem Mann nicht sagen, wie viele Umstände *Stupid* machte, aus Angst, daß er ihn dann nicht kaufen würde. Also log sie und sagte: »Ich ziehe in ein kleineres Haus um, wissen Sie, und da ist nicht mehr genug Platz für ihn.«

»Das ist aber schade«, sagte der Ladenbesitzer. »Es ist ein sehr schönes Tier.«

Die Witwe zeigte ihm den Stammbaum des Hundes. »Er ist sehr wertvoll«, sagte sie. »Ich trenne mich wirklich nur ungern von ihm. Ich habe ihn nämlich sehr ins Herz geschlossen.«

»Ja, ja, das kann ich verstehen.«

»Wieviel könnten Sie mir denn für ihn geben?«

»Tausend Dollar.«

Das gefiel der Witwe gut. »Ist in Ordnung«, sagte sie. Sie strich das Geld ein und sagte zu dem Hund »Leb wohl, *Stupid*.«

Da hob der Tierhandlungsbesitzer erstaunt den Kopf und fragte: »*Stupid?*«

»Na ja, so haben wir ihn aus Spaß getauft«, sagte die Witwe und ging. Sie kehrte sehr zufrieden heim. Nicht nur war sie das Vieh los, sie hatte auch tausend Dollar in der Tasche.

David hatte das ganz bestimmte Gefühl, daß die Witwe einen schweren Fehler begangen habe. Er glaubte nicht, daß es im Sinne von Samuel Stone war, das Tier zu verkaufen. *Aber nun ja, vielleicht hat es Stupid woanders ja besser,* dachte er. *Hier in diesem Haus war nie jemand besonders nett zu ihm.*

Am Montagvormittag versammelten sie sich wie üblich wieder in der Bibliothek, um das nächste Videoband von Samuel Stone anzusehen und die Hinweise für die nächste Schatzsuche daraus zu entnehmen. Sie waren aufgeregt wie immer und fragten sich, worum es wohl diesmal gehen würde.

Der Butler kam und brachte die Videokassette dieser Woche. Er legte sie ein und schaltete den Fernseher an, nachdem er gefragt hatte: »Sind Sie bereit?« und alle im Chor antworteten: »Ja, wir sind bereit.«

Sogleich erschien auch wieder Samuel Stones Kopf auf dem Bildschirm und sagte: »Na, da wären wir also wieder einmal. Ich weiß, wie sehr es euch freut, mich zu sehen.«

Natürlich freute es niemanden, ihn zu sehen, David ausgenommen.

»Heute habe ich einen Knochen zum Abnagen für euch«, sagte Samuel Stone vom Bildschirm. »Ihr müßt nach etwas Großem und sehr Altem Ausschau halten. Es ist nicht besonders intelligent und ohne ein Bein, worauf es stehen könnte. Habt ihr mich? *Tiger* kann euch helfen.«

Und der Bildschirm wurde wieder dunkel.

Alle sahen sich verdrossen an. »Nennt er das vielleicht einen Hinweis?« schimpfte die Witwe. »Wie soll man daraus entnehmen, was und wo der nächste Schatz ist?«

Der Anwalt sinnierte: »Wer oder was hat kein Bein zum Stehen?«

Und der Neffe rätselte: »Und wer ist *Tiger*?«

David war er einzige, der sich nicht aufregte. Er dachte statt dessen nach. »Groß und sehr alt?« überlegte er, und dann fiel ihm plötzlich etwas ein. »War Samuel Stone denn nicht auch im Vorstand des Naturgeschichtemuseums?«

»Ja, sicher«, sagte der Anwalt. »Dafür hat er sich auch sehr interessiert. Und von Dinosauriern war er besonders fasziniert.«

»Genau«, rief der Neffe, »das ist es! Die waren groß und sind sehr alt, und viel Grips sollen sie auch nicht gehabt haben.«

»Ach, hört mal«, sagte die Witwe, »glaubt ihr denn im Ernst, wir sollen einen Dinosaurier suchen? Die waren schließlich groß wie Wolkenkratzer. Einen Dinosaurier kann man doch nirgends verstecken!«

»Augenblick«, sagte David. »Ein Teil des Hinweises lautete ja: Ich habe einen Knochen zum Abnagen für euch. Vielleicht müssen wir nur nach einem Dinosaurierknochen suchen.«

»Da haben Sie, glaube ich, recht«, nickte der Anwalt. »Gehen wir doch in das Museum und hören, was der Direktor dort zu sagen hat.«

Alle bestiegen sie ihre eigenen Autos und rasten zum Naturgeschichtemuseum. Und alle versuchten sie wieder, vor den anderen dort zu sein.

Der Direktor des Naturgeschichtemuseums war überrascht, wie sie, alle sich vordrängelnd, bei ihm einfielen.

»Wir sind die Erben von Samuel Stone«, sagte die Witwe. »Es stimmt doch, daß Samuel Dinosaurier liebte, nicht wahr?«

»Das ist richtig«, sagte der Direktor. »Erst vor ein paar Wochen war er noch hier, und da passierte etwas sehr Unglückliches.«

»Was denn Unglückliches?« fragte der Neffe.

»Kommen Sie!« sagte der Direktor, und sie folgten ihm zu den Hauptausstellungsräumen. Dort stand in der Mitte das riesige Skelett eines Dinosauriers. Der Direktor ging hin und deutete auf eine Stelle: »Sehen Sie, hier fehlt der Schienbeinknochen. Mr. Stone erbat sich die Genehmigung, ihn mit nach Hause zu nehmen und genau zu studieren. Er wollte für eine naturgeschichtliche Fachzeitschrift einen Aufsatz darüber schreiben. Tja, und es scheint, daß dieser Knochen bei ihm zu Hause dann spurlos verschwunden ist.«

Alle sahen sich an.

»Was soll das heißen: spurlos verschwunden?« fragte der Anwalt.

»Mr. Stone hat mich angerufen und gesagt, daß er ihn nicht mehr finden könne. Und daß er vermutete, sein Hund habe ihn sich geschnappt und irgendwo im Garten vergraben.«

»Also, er befindet sich im Garten!« sagte die Witwe. »Was wäre er denn wert, wenn er gefunden und zurückgebracht würde?«

»Na ja, das Ausstellungsstück ist ohne den Knochen unvollständig«, sagte der Direktor. »Das Museum wäre bereit, fünf Millionen für den zurückerstatteten Knochen zu bezahlen.«

Fünf Millionen Dollar!

»Vielen Dank«, sagte der Neffe.

Und schon hatten sich alle umgedreht und rannten los.

Draußen vor dem Museum sagte die Witwe: »Ich habe da meine Zweifel, daß der Knochen im Garten vergraben ist.«

»Ich auch«, sagte der Neffe.

»Auch ich glaube nicht daran, daß der Knochen dort ist«, ergänzte der Anwalt.

Nur David sagte nichts.

Nicht sehr weit entfernt vom Haus gab es eine Eisenwarenhandlung. Dort erschienen eine halbe Stunde später nacheinander die Witwe, der Neffe und der Anwalt und schließlich auch noch David. Jeder kaufte Schaufeln und lief sich gegenseitig über den Weg.

»Wer den Knochen zuerst findet«, verkündete der Neffe, »soll ihn behalten dürfen.« Denn er war sich ziemlich sicher, daß er ihn fände.

»Richtig«, pflichtete der Anwalt bei, »dem Finder seine Kinder.«

Alle rannten los zum Haus und nach hinten in den Garten. Dort fingen sie fieberhaft zu graben an.

Der Butler sah aus dem Fenster und traute seinen Augen nicht. Die Familie Stone grub den ganzen Garten um! Es war ein merkwürdiger Anblick.

Der Garten war aber so groß, daß sie auch nach vier Stunden eifriger Arbeit erst einen kleinen Teil umgegraben hatten.

»Den finden wir nie«, sagte der Neffe. »Er kann ja überall sein.«

Alle trotteten sie müde ins Haus zurück.

»Was machen wir jetzt?« fragte die Witwe.

David sagte: »In dem Hinweis hieß es doch auch: Ein *Tiger* kann euch helfen. Was kann damit wohl gemeint sein?«

In diesem Augenblick kam der Butler herein und meldete: »Verzeihung, Mrs. Stone, *Tiger* ist weg.«

Alle fuhren herum. »Was? *Tiger*? Wer ist *Tiger*?«

»Der Hund von Mrs. Stone.«

»*Stupid*, meinen Sie?« fragte der Neffe.

Der Butler antwortete eisig: »Es ist mir bekannt, daß er von Ihnen hier nur *Stupid* genannt wurde. Aber Mr. Stone hatte ihn *Tiger* getauft.«

Alle starrten sich an.

Dann sagte der Anwalt: »*Tiger* hat den Knochen vergraben! Er allein weiß also, wo er ist.«

»Wir müssen ihn zurückhaben«, sagte der Neffe.

Alle sahen vorwurfsvoll die Witwe an. »Und du hast ihn verkauft!«

»Na ja, woher sollte ich denn wissen, daß er der Schlüssel zu dieser Schatzsuche ist?«

»Wir haben das Rätsel gelöst!« erklärte der Anwalt freudig. »Jetzt müssen wir nur noch *Stupid* … ich meine, *Tiger*, zurückholen und ihn den Dinosaurierknochen ausbuddeln lassen.« Er rieb sich die Hände. »Und dann haben wir die fünf Millionen Dollar. Wir teilen sie uns.«

»Dann aber los!« sagte der Neffe.

Sie rannten zu ihren Autos und fuhren hinter der Witwe her zu der Tierhandlung, der sie *Tiger* verkauft hatte. Sie eilten hinein in den Laden.

»Guten Tag«, sagte der Inhaber.

»Tag«, sprudelte die Witwe hervor. »Ich bin so unglücklich, wissen Sie. Nachdem ich Ihnen *Stup*… ich meine, *Tiger*, verkauft hatte, merkte ich, wie sehr ich doch an ihm hänge. Geben Sie ihn mir wieder. Er fehlt mir zu sehr.« Sie holte die tausend Dollar hervor. »Hier ist Ihr Geld zurück.«

»Das tut mir sehr leid«, sagte der Tierhändler, »aber das wird nicht möglich sein.«

»Wieso?«

»Weil ich ihn gerade vor einer Stunde verkauft habe.«

»Was haben Sie? Sie Unglücksmensch, das können Sie doch nicht machen!«

»Ich habe es schon getan.«

»An wen haben Sie ihn verkauft?« fragte der Neffe.

»An Mrs. Smith.«

»Ich muß mein armes Hundchen wiederhaben!« jammerte die Witwe verlogen. »Wo wohnt diese Mrs. Smith?«

Der Tierhändler gab ihr die Adresse. Und schon in der nächsten Minute waren sie alle wieder davongehastet und auf dem Weg zu Mrs. Smith.

Sie rannten zur Haustür von Mrs. Smith.

Mrs. Smith öffnete selbst.

»Wo ist *Tiger?*« rief die Witwe ohne ein weiteres Wort.

»Was für ein *Tiger?*«

»Mein Hund, den Sie gerade gekauft haben!«

»Den habe ich nicht mehr.«

»Was soll das heißen, Sie haben ihn nicht mehr?«

»Ich habe ihn meiner Enkelin geschenkt! Zum Geburtstag.«

»Ich muß den Hund zurückhaben«, sagte die Witwe. »Unbedingt. Es war mir nicht klar, wissen Sie, wie sehr er mir ans Herz gewachsen war. Ich kann es ohne ihn nicht aushalten.«

»Das tut mir sehr leid«, sagte Mrs. Smith, »aber es ist zu spät. Er ist nicht mehr da.«

»Könnte ich mal mit Ihrer Enkelin reden?«

»Wenn Sie unbedingt möchten.« Sie gab der Witwe die Adresse ihrer Enkelin.

Und schon waren alle auf dem Weg.

Als sie ankamen, erblickten sie ein zehn Jahre altes Mädchen, das vergnügt mit *Tiger* spielte. Allen fiel ein Stein vom Herzen, als sie den Hund so lebendig sahen. Er war der Schlüssel zu ihrem Schatz!

»Hallo, *Tiger*!« sagte die Witwe und tat dem Hund schön.

Aber der bellte sie nur an.

»Lieber *Tiger*, brav«, versuchte es der Neffe. Doch die große Dänische Dogge knurrte böse.

»Gutes Hundchen!« sagte nun der Anwalt. *Tiger* fletschte die Zähne und hätte ihn fast gebissen.

Der einzige, von dem er sich streicheln ließ, war David.

Die Mutter des kleinen Mädchens kam hinzu. »Wer sind Sie?« fragte sie.

»Das da ist mein Hund!« erklärte die Witwe. »Ich will ihn zurückhaben.«

»Er ist nicht Ihr Hund. Er ist ein Geburtstagsgeschenk für meine Tochter.«

»Wir kaufen ihn ja zurück«, sagte die Witwe.

»Ich will Ihr Geld nicht.«

»Sie verstehen nicht. *Tiger* und ich stehen sehr eng miteinander. Es würde ihm das Herz brechen, wenn er nicht mehr bei mir wäre.« Sie streckte die Hand nach dem Hund aus, um ihn zu tätscheln, doch er biß sie ihr fast ab. Da zog sie sie lieber hastig zurück.

»Na, so besonders scheint er sie nicht zu mögen«, sagte die Frau.

»Ach, das ist nur so ein kleines Spiel zwischen uns«, sagte die Witwe. »Da tut er dann immer so, als würde er mich gleich beißen.«

»Tut mir leid«, sagte die Frau, »aber ich gebe ihn nicht wieder her.«

Alle waren verzweifelt. Solange *Tiger* ihnen nicht die Stelle zeigte, wo er den Dinosaurierknochen vergraben hatte, gab es kaum eine Chance, diesen zu finden.

»Na gut«, sagte der Anwalt, »wir verstehen. Wir hoffen, er hat es gut bei Ihnen.«

»Das wird er«, sagte die Frau.

Sie gingen. Aber noch in der folgenden Nacht kamen sie alle außer David wieder, als die Frau und ihre kleine Tochter schliefen: die Witwe, der Neffe und der Rechtsanwalt. Sie schlichen sich hinter das Haus zu der Hundehütte, in der *Tiger* untergebracht war. Sie entfernten die Kette, an der er lag, und zerrten ihn mit sich zum Auto.

Nach einer halben Stunde hatten sie ihn sicher wieder zu Hause.

Gleich am nächsten Morgen schleppten sie den Hund nach hinten in den Garten, wo sie gegraben hatten, und wollten ihn suchen lassen.

»Hier, Junge, hier, brav, such!« sagte der Neffe. »Hol's Fressi, hol den Knochen, los, du Mistvieh!«

Tiger sah ihn nur träge an.

Die Witwe ermunterte ihn ebenfalls. »Such's Knochi, *Tigerle*! Schön ausbuddeln das Knochi!«

Der Hund spitzte die Ohren und schien tatsächlich zu verstehen, was man von ihm erwartete. Er setzte mit großen Sprüngen ans Ende des Gartens. Alle sahen ihm mit fieberhafter Spannung zu, wie er den Boden aufzuscharren begann.

»Er macht es!« rief der Anwalt freudig.

Und tatsächlich, schon nach einer Minute hatte der Hund einen Knochen ausgebuddelt.

Aber es war nur ein ganz gewöhnlicher Rinderknochen.

»Nein, du dummer Hund!« fuhr ihn die Witwe an. »Das ist er nicht.« Sie war sehr enttäuscht. »Du blödes Vieh, du! Wo ist der große Knochen, den du vergraben hast?«

Tiger sah sie mit schiefem Kopf kurz an und legte sich dann ins matschige Gras.

»*Tiger*!!« schrie ihn die Witwe böse an.

Tiger rührte sich nicht.

»Vielleicht, wenn wir ihn in Ruhe lassen?« schlug der Anwalt vor. »Vielleicht tut er es dann von alleine.«

»Gute Idee«, meinte der Neffe.

Sie gingen alle zurück ins Haus und beobachteten den Hund durch das Fenster. *Tiger* lag einfach nur da und schlief in der Morgensonne.

»Es hat keinen Zweck«, sagte die Witwe. »Der Garten ist so groß, da könnten wir auch ein ganzes Jahr lang graben, ohne etwas zu finden. Das Glück hat uns einfach verlassen.«

»Ja, ja«, nickte der Neffe dazu. »Das ist zu dumm. Und ich wollte mir schon zwei Rolls-Royce und ein kleines Boot von meinem Anteil kaufen!«

»Was mich ärgert«, sagte die Witwe, »ist, daß ich das Gefühl nicht loswerde, der Hund weiß ganz genau, was wir wollen, tut uns aber bewußt aus Trotz nicht den Gefallen.«

»Vielleicht würde er uns ja helfen«, sagte David, »wenn ihr alle etwas netter zu ihm gewesen wärt die ganze Zeit.«

Sie starrten den ganzen Tag zum Fenster hinaus, bis es dunkel wurde. Aber noch immer hatte *Tiger* keine Anstalten gemacht, den Dinosaurierknochen auszugraben.

Sie aßen zu Abend, und dann war es Zeit, schlafen zu gehen.

»Dies ist das erste Mal«, sagte der Neffe, »daß wir den Schatz nicht finden. Mir ist ganz übel.«

Alle begaben sich in ihre Zimmer und träumten von großen Dinosauriern, die auf sie losgingen.

David träumte, wie ein Dinosaurier direkt auf ihn zukam, näher und immer näher. Und schon spürte er dessen heißen Atem auf seinem Gesicht. Da wachte er auf.

Neben ihm im Bett lag *Tiger* und hatte den Dinosaurierknochen zwischen den Fängen!

Er setzte sich auf und war mit einem Schlag hellwach.

»*Tiger*!« sagte er. »Du kleines Mistvieh, du!«

Und er drückte ihn herzlich an sich. »Ich danke dir, daß du den Knochen mir gebracht hast, du Hund!«

Tiger wedelte mit dem Schwanz.

Am nächsten Morgen, als sich alle zum Frühstück versammelten, erschien David mit dem Dinosaurierknochen.

Die Witwe sah ihn zuerst. »Du hast ihn ja!« rief sie aus. »Wie hast du ihn gefunden?«

Der Anwalt meinte vorwurfsvoll: »Da sind Sie mitten in der Nacht hinaus und haben ohne uns gegraben!«

»Nein, habe ich nicht«, antwortete David. »*Tiger* fand den Knochen und brachte ihn mir.«

»Dann teilen wir uns den Erlös«, sagte der Neffe sofort. »Er gehört uns allen.«

»Nein, gehört er nicht«, sagte David und schüttelte heftig den Kopf. »Er gehört dem Museum.«

»Der Direktor hat doch selbst gesagt, er würde fünf Millionen dafür bezahlen!«

»Aber es ist nicht anständig!« sagte David. »Er hat uns erzählt, daß Samuel Stone sich den Knochen nur ausgeborgt hatte. Er mußte ihn also auch wieder zurückgeben. Man kann doch das Museum nicht dafür bezahlen lassen, daß es sein Eigentum zurückbekommt!«

Die Witwe war entsetzt. »Soll das heißen, Sie haben tatsächlich die Absicht, den Knochen einfach so zurückzugeben?«

»Ganz genau das soll es heißen«, erklärte David. »Die Kinder gehen in das Museum, damit sie sehen, wie so ein Dinosaurier aussieht. Nach meiner Meinung haben sie ein Recht darauf, einen kompletten Dinosaurier besichtigen zu können.«

»Das ist das Ekelhafteste, was ich jemals gehört habe!« sagte der Neffe. »Sie sind ja mehr an Kindern interessiert als an Geld!«

»Richtig«, sagte David. »Genauso ist es.«

Die anderen konnten ihn keinen Millimeter mehr davon abbringen. »Und da ist außerdem noch etwas«, sagte er. »Dies hier ist das Zuhause von *Tiger*. Er bleibt hier. Ich will nichts davon hören, daß er noch einmal verkauft wird.«

Am Nachmittag begab David sich mit dem Dinosaurierknochen zum Museum für Naturgeschichte. Der Direktor war vor Freude ganz außer sich. »Sie haben ihn zurückgebracht!« rief er aus. »Das ist wunderbar! Die

Kinder werden sich alle sehr freuen!« Er brachte den Dinosaurierschienbeinknochen wieder an der Stelle des Skeletts an, wo er hingehörte.

»So, jetzt sieht das wieder besser aus.«

Dann fragte er David: »Wie soll ich Ihnen den Scheck ausschreiben?«

Doch David wehrte kopfschüttelnd ab. »Gar nicht. Sie brauchen mir keinen Scheck zu geben. Der Knochen gehört schließlich Ihrem Museum. Ich habe ihn nur dem rechtmäßigen Eigentümer zurückgegeben.«

»Das ist sehr anständig von Ihnen«, sagte der Museumsdirektor. »Da möchte ich dann doch auch etwas für Sie tun. Was halten Sie von einer Spende für eine wohltätige Einrichtung Ihrer Wahl?«

David lächelte. »Das wäre sehr nett. Dann schreiben Sie doch den Spendenbetrag auf die Stiftung Samuel Stone aus.«

»Aber gerne. Und haben Sie noch einmal vielen Dank!«

Die Witwe kochte vor Wut. Nach ihrer Ansicht hatte man sie um ihr rechtmäßiges Geld betrogen. Warum mußte dieser David denn unbedingt so ein menschenfreundlicher Zeitgenosse sein?

Sie rief die anderen zusammen. »Hört zu«, sagte sie. »Nächsten Montag, wenn uns Samuel seine nächsten Schatzsuchehinweise gibt, machen wir folgendes. Wir arrangieren etwas, damit David nicht dabeisein kann.

Dann können wir das Geld endlich nur unter uns aufteilen und vor allem auch behalten. Er gibt es ja ständig nur fort für diese dummen Armen! Was haltet ihr davon?«

»Das ist eine großartige Idee«, sagte der Rechtsanwalt. »Wir wollen uns einen Plan ausdenken, wie wir ihn fortkriegen.«

Als David wiederkam, sahen sie ihm alle ganz unschuldig und harmlos entgegen. Und er hatte keine Ahnung, daß sie etwas gegen ihn im Schilde führten.

Am nächsten Morgen fuhr die Witwe wieder zu der Tierhandlung und verkaufte *Tiger* noch einmal. Für die tausend Dollar, die sie bekam, kaufte sie sich auf der Stelle ein neues Kleid.

9. Kapitel

Erinnert Ihr Euch noch, wie im vorigen Kapitel alle sagten, sie wollten etwas unternehmen, um sich Davids zu entledigen, damit sie das nächste Videoband ohne ihn anschauen könnten? Glaubt Ihr wirklich, sie würden so etwas Gemeines tatsächlich tun? Ja, doch, leider, dazu sind sie imstande. Sie können es gar nicht erwarten, David loszuwerden. Und so kommt es, daß am nächsten Montagvormittag, als es fast schon Zeit ist, wieder in die Bibliothek zu gehen und das nächste Videoband mit Samuel Stones Hinweisen für die nächste Schatzsuche einzulegen, David, als er unten im Frühstücksraum erscheint, von dem Neffen zu hören bekommt: »Da war ein Anruf für dich, David! Du sollst sofort in dein Büro kommen.«

»Und daß es sehr eilig wäre«, ergänzte auch noch der Anwalt.

David war verwundert. »Hat man denn nicht gesagt, worum es sich handelt?«

»Nein. Nur, daß es sehr wichtig für Sie wäre, schnellstmöglich dort zu sein.«

David zögerte. Er wußte ja, daß es gleich Zeit für den

nächsten Fernsehauftritt von Samuel Stone war. Aber er war nun einmal so ein gutmütiger und hilfsbereiter Mensch, daß er der Hilfe für andere, die in Not sein mochten, immer den Vorrang vor allem anderen gegeben hätte.

»Also gut«, sagte er, »dann will ich gleich mal los.«

Die anderen atmeten erleichtert auf. Ihr Plan hatte gewirkt. Sie wurden David los. Jetzt konnten sie endlich einmal ohne ihn die Hinweise enträtseln und das Preisgeld der Schatzsuche nur unter sich aufteilen und vor allem einmal behalten. Sie warteten, bis David weggefahren war, und schickten dann sogleich nach dem Butler.

»Wir sind bereit«, sagte der Neffe. »Legen Sie das neue Band ein.«

Der Butler sah sich um. »Aber wo ist Mr. David?«

»Ach, der mußte weg. Kümmern Sie sich nicht darum, legen Sie das Band ruhig ein.«

»Und beeilen Sie sich!« sagte die Witwe. Sie konnte es nicht mehr erwarten, endlich wieder etwas Geld in die Hand zu bekommen.

Doch der Butler schüttelte den Kopf. »Es tut mir leid, aber das darf ich nicht. Meine strikten Anweisungen lauten, daß alle im Raum versammelt sein müssen, ehe ich ein Band abspielen darf.«

»Was?« empörte sich der Rechtsanwalt. »Das ist doch lächerlich. Von wem wollen Sie diese Anweisungen haben?«

»Von Mr. Stone persönlich.«

»Na und? Er ist tot. Also, ich weise Sie hiermit an, das Band jetzt abzuspielen.«

Doch der Butler war nicht einzuschüchtern. »Tut mir leid, Sir, aber das kann ich nicht machen.«

Nichts konnte ihn dazu bringen, seine Meinung zu ändern. Sie hatten sich selbst ein Bein gestellt. Es blieb am Ende nichts übrig, als auf Davids Rückkehr zu warten.

Als David schließlich wieder da war, sagte er: »Da muß ein Irrtum vorgelegen haben. Als ich zu meinem Büro kam, war überhaupt niemand da.«

»Dann hat sich wohl jemand einen schlechten Scherz erlaubt«, meinte der Neffe.

Die Witwe nickte dazu. »Manche Leute schrecken vor nichts zurück.«

Der Neffe sagte nun ungeduldig zum Butler: »Also los, spielen wir endlich das Band ab.«

»Jetzt ja, Sir.«

Er ging zum Fernsehgerät und schaltete ein.

Samuel Stones Gesicht erschien wieder auf dem Bildschirm. Er hatte die Stirn in Falten gelegt, und sein Blick wanderte über den Raum hin, von einem zum anderen.

»Nun, ich nehme an, ihr seid wieder alle versammelt«, sagte er. »Ehrlich gesagt, macht es mich ganz krank, daß ich euch Aasgeiern und Blutsaugern mein ganzes schönes Geld hinterlassen muß. Von euch hat doch noch keiner auch nur einen einzigen Tag im Leben mit anständiger Arbeit verbracht.« Seine Augen wanderten zu der Stelle, wo Davids Stuhl stand. »Ausgenommen du natürlich, David. Aber dafür bist du so dumm und schmeißt mein ganzes schönes Geld diesen Armen in den Rachen. So eine Verschwendung!«

»O nein, das ist keine Verschwendung!« protestierte David.

Doch Samuel Stone funkelte ihn vom Bildschirm herunter an. »Ist es eben doch! Na gut. Also, der einzige Weg, glaube ich, euch den heutigen Hinweis zu geben, ist der, euch etwas zu sagen, was ich noch nie irgend jemandem gesagt habe. Einmal in meinem Leben habe ich jemanden geliebt.« Er sah zu seiner Witwe hin. »Nur Ruhe, du warst es bestimmt nicht.« Sein Blick wanderte zu dem Hausmädchen, das hinten an der Tür stand. Und er lächelte. »Und du leider auch nicht. Das mit dir war wieder eine andere Geschichte. Jedenfalls, es war eine junge Dame, die ich zu heiraten beabsichtigte. Damals war ich noch jung und dumm. Ich kaufte ihr ein sehr, sehr, sehr teures Collier und schenkte es ihr. Ausgerechnet am nächsten Tag schon entdeckte ich, daß sie mich mit einem anderen Mann betrog. Sie war ein triebhaftes Tier. Ich löste die Verlobung sofort und nahm ihr auch die teure Halskette wieder weg. Und ich gab sie einem anderen Tier – diesmal einem vierbeinigen. Wenn ihr sucht, bis ihr bärtig seid, und sie findet, gehört sie euch.«

Und schwarz war der Fernsehschirm.

»Das ist alles?« keifte die Witwe. »Er hatte eine blödsinnige Liebesaffäre, schenkte das Collier weg, und wir sollen herausfinden, wo es jetzt ist?«

»Richtig, was ist das für ein Hinweis?« fiel auch der Neffe in das Zetern ein.

Der Anwalt blies ins gleiche Horn. »Da hat man doch nichts, woran man sich halten kann!«

David aber blickte versonnen drein. »Doch«, sagte er dann, »haben wir schon!«

Alle wandten sich ihm zu, weil er nun einmal der Intelligenteste war. »Was haben wir?«

»Er gab uns zwei Hinweise«, sagte David. »Er sagte, er hat es einem vierbeinigen Tier gegeben, und, wenn wir suchten, bis wir bärtig wären ... versteht ihr: bärtig, Bär!«

»Aber ja!« rief der Neffe. »Ein Bär! Einem Bären hat er das Collier umgehängt.« Dann wurde er nachdenklich. »Ja, aber es gibt doch gar keine Bären bei uns hier.«

»Einen Moment!« sagte der Anwalt und war auf einmal ganz aufgeregt. »Da ist doch ein Zirkus in die Stadt gekommen!«

»Der Zirkus«, warf der Butler ein, »gastiert bereits seit zwei Wochen hier.«

»Nämlich, als Mr. Stone noch am Leben war«, vollendete der Anwalt diese Feststellung.

»Stimmt!« sagte der Neffe. »Das sähe Onkel Samuel wirklich ähnlich, daß er einen Schatz an einer Stelle verbirgt, wo man umkommen könnte, wenn man ihn sich holen wollte.«

»Richtig, das klingt ganz nach ihm«, schimpfte die Witwe.

Der Anwalt sah alle der Reihe nach an und erklärte: »Es gibt nur einen einzigen Weg, herauszufinden, ob wir recht haben.«

Am Abend saßen alle, der Anwalt, die Witwe, der Neffe und David, im Zirkus und sahen sich die Vorstellung an. Sie war spektakulär. Es traten Clowns und Akrobaten auf, Seiltänzer und Zauberer, und das Aufregendste überhaupt waren die wilden Tiere. Ein Dompteur führte Löwen, Tiger und Leoparden vor. Aber für die Erben war das bei weitem Spannendste ein zweiter Tierbändiger mit einem dressierten Bären, ganz wie es David vorausgesagt hatte. Der Bär hatte ein Kostüm an, und er trug ein Halsband.

Sie waren alle wie hypnotisiert.

»Ich habe es gefunden!« rief die Witwe.

»Nicht doch«, widersprach der Anwalt. »Ich habe es gefunden!«

»Ach was«, sagte der Neffe. »Wenn ich nicht gewesen wäre, säßen wir doch gar nicht erst hier!«

Alle waren sie nicht bereit, David ein Verdienst zuzugestehen.

»Aber wie kommen wir an das Halsband?« fragte die Witwe.

Der Neffe seufzte auf. »Ich fürchte, da gibt es keine Möglichkeit!«

»Das stimmt wohl«, erklärte der Anwalt. »Am besten denken wir nicht mehr daran.«

»Ja, ja«, heuchelte auch die Witwe kräftig, »an diesen Bären kämen wir doch nie im Leben heran.«

David besah sie sich und wußte, daß alle logen wie gedruckt. Alle drei hatten die doch nicht die kleinste Absicht, diesen Schatz einfach sausenzulassen.

Als David früh am nächsten Morgen zum Frühstück nach unten kam, waren die drei anderen schon ausgeflogen. Er lächelte in sich hinein. Er wußte genau, wo sie sein konnten. Er frühstückte gemächlich, setzte sich dann in sein Auto und fuhr zum Zirkus.

Dort sprach die Witwe gerade mit dem Zirkusdirektor.

»Sie sind sehr hübsch«, sagte dieser. »Und Sie sagen, Sie haben Erfahrung auf dem Trapez?«

»O ja!« versicherte die Witwe. »Schon seit ich ein kleines Mädchen war.«

»Also gut, Sie sind engagiert.«

Die Witwe strahlte. »Danke!« Jetzt, da sie zum Zirkus gehörte, konnte sie sich auch an den Bären heranmachen und sich dessen Halsband schnappen.

Als nächster tauchte der Neffe bei dem Zirkusdirektor auf.

»Ich wollte schon immer Clown werden.«

»Einen Clown könnten wir gebrauchen«, sagte der Zirkusdirektor. »Meinetwegen. Sie sind engagiert.«

Gut, dachte der Neffe. *Jetzt kann ich mir das Halsband unter den Nagel reißen.*

Und natürlich kam danach auch noch der Anwalt daher und behauptete: »Ich bin Jongleur!«

»Eine gute Jongleurnummer ist im Zirkus beliebt.«

Als dann später David eintraf, ging er gleich direkt in das Büro des Zirkusdirektors und fragte: »Haben Sie heute morgen zufällig jemanden engagiert?«

»Ja«, sagte der Zirkusdirektor, »zufällig ja. Eine Trapezartistin, einen Clown und einen Jongleur.«

David wußte selbstverständlich sofort, wer diese drei neuen »Artisten« waren.

»Können Sie vielleicht auch einen Rigger gebrauchen?« fragte er den Zirkusdirektor. Der Rigger ist im Zirkus der Mann, der für die Seilspannungen des Zirkuszelts verantwortlich ist und auch für alles Gerät.

»Gut, Sie sind engagiert.«

So kam es, daß alle vier Erben jetzt im Zirkus arbeiteten – alle vier in Wirklichkeit nur darauf aus, an den Bären und sein Halsband heranzukommen. Allerdings, so wie sie es sich vorgestellt hatten, verliefen die Dinge nicht.

Die Witwe schlich sich gerade zu den Tierkäfigen, als der Zirkusdirektor sie überraschte und sagte: »Jetzt ist Trapezprobe im Zelt!«

Sie starrte ihn an. »Was?«

»Sie sollen ins große Zelt gehen, da wartet man auf Sie. Sie müssen doch die neue Trapeznummer schließlich proben.«

Die Witwe geriet in Panik. »Das kann ich nicht machen … ich …«

Der Zirkusdirektor wunderte sich sehr. »Was denn, wollen Sie die Nummer etwa nicht machen?«

Die Witwe war natürlich in ihrem ganzen Leben noch nie auf einem Trapez gewesen. Aber wenn sie den Zirkusdirektor zwang, sie gleich wieder zu entlassen, kam sie auch nicht an den Bären heran. Also lächelte sie ihn an und sagte: »Nein, nein, schon, ich mache es ja.«

Zwei Minuten darauf stand sie in der Hauptmanege. Ein Mann im hautengen Körpertrikot sagte zu ihr: »Also, Kollegin, dann probieren wir mal den neuen Todessprung, den Dreifachsalto. Ist ganz einfach. Kinderspiel.«

Die Witwe starrte ihn an. »Was denn, den dreifachen Salto mortale?«

»Ja, sicher«, sagte der Mann. Er drückte ihr ein Seil in die Hand, und im nächsten Moment fand sie sich hoch in die Zirkuskuppel gezogen.

»He, Moment, wartet!« rief die Witwe. Aber jetzt gab es kein Zurück mehr.

Man zog sie hoch bis zu einer Trapezstange. Dort standen bereits zwei Männer. Der eine hielt ein Schwingtrapez in der Hand und sagte zu der Witwe: »Hier, das ist dein Schwingtrapez. Du schwingst raus, machst den Dreifachsalto, und der Kollege drüben auf seinem Trapez fängt dich. Klar?«

Die Witwe blickte nach unten, und alles drehte sich um sie. *Ich komme um hier!* dachte sie. Aber gerade in diesem Augenblick ertönte eine Lautsprecherstimme: »Mittagspause!«

»Herrgott noch mal«, schimpfte der Artist, der ihr die Anweisungen gegeben hatte, »diese Gewerkschaften mit ihren sturen Regelungen machen noch den ganzen Zirkus kaputt! Wie soll man denn proben, wenn man andauernd zur Kaffeepause und zum Mittagessen und was noch alles abgerufen wird!«

Gleich danach fand die Witwe sich wieder unten in der Manege auf festem Boden. Und sie machte sich noch einmal eiligst zu den Tierkäfigen auf.

Der Neffe hatte ein Clownskostüm an und probte mit den anderen Clowns.

»Also, wir haben da eine echt komische Nummer«, sagte einer zu ihm. »Paß auf.« Er drehte einen Wasserschlauch auf, und der Wasserstrahl traf den Neffen mitten ins Gesicht, so daß es ihn gleich umwarf. Die anderen Clowns schlugen mit Baseballschlägern aus Schaumgummi auf ihn ein. »Die Leute lieben solche Nummern«, sagten sie dem Neffen.

Und sie schlugen weiter auf ihn ein, und der Neffe dachte: *Na meinetwegen. Für dieses Halsband lasse ich mich gern ein wenig malträtieren.*

Der Anwalt hatte inzwischen einige indische Keulen zum Jonglieren in die Hand gedrückt bekommen. Er warf sie hoch in die Luft. Das sah ganz schön aus. Das Problem war nur, daß sie ihm beim Herunterkommen alle auf den Kopf fielen, statt daß er sie auffing.

Der Zirkusdirektor, der zusah, sagte: »Das ist ganz lustig. Nehmen Sie das in der Vorstellung mit in Ihre Nummer hinein.«

Nach dem Mittagessen schlichen sich alle vier, Witwe, Anwalt, Neffe und David, zum Bärenkäfig. Es war ein sehr großer, schwarzer Bär, und er sah richtig gefährlich aus. Aber tatsächlich war er ganz zahm. Er steckte in einem Kostüm mit einem lustigen Hütchen auf dem Kopf, und sie konnten das Halsband, das er umhatte, gut erkennen. Sie standen alle zusammen vor dem Käfig, aber keiner traute sich hinein.

Der Anwalt sagte: »Also, einer muß hinein, wenn wir das Halsband haben wollen.«

»Warum gehen Sie denn nicht?« fragte der Neffe.

Sie begannen darüber zu streiten, wer hineingehen sollte.

Schließlich griff David mit einem Vorschlag ein. »Losen wir es doch aus. Wer den kürzesten Strohhalm zieht, muß hinein.«

Er machte drei gleich lange und einen kürzeren Strohhalm und hielt sie so, daß nur die oberen Enden aus seiner Hand hervorschauten. Die Witwe zog den kurzen Strohhalm. »Warum ich?« jammerte sie. »Losen wir noch einmal!«

»Nein, nein«, sagte der Neffe. »Du hast verloren, also gehst du hinein und holst das Halsband.«

Sie seufzte schwer. »Also gut. Aber wenn der Bär mich umbringt, verklage ich euch alle!«

Sie sahen zu, wie sie die Käfigtür öffnete und hineinging. Der Bär lag auf dem Boden und rührte sich nicht.

»Schön, Bäri-Bäri«, säuselte die Witwe. »Braves Bärchen.« Sie ging langsam auf ihn zu. »Braves Bärchen will mir doch nichts tun, oder?«

Der Bär blickte träge zu ihr hoch.

»Ja doch, braver Bär, du magst mich doch leiden, nicht?«

Der Bär bewegte sich immer noch nicht.

Die Witwe nahm ihren ganzen Mut zusammen und tätschelte dem Bären vorsichtig das Fell.

Der Bär sah fast aus, als lächele er.

»Na siehst du, guter Bär, braver Bär.« Und sie griff nach dem Halsband und nahm es ihm ab, indem sie den Verschluß öffnete.

»Ich habe es!« rief sie.

Jetzt rappelte sich der Bär endlich langsam hoch auf die Beine. Die Witwe rannte hastig aus dem Käfig hinaus und verschloß die Tür. Sie hielt das Halsband triumphierend in die Höhe. »Ich habe es!«

Dann begann sie es genauer zu betrachten und wurde dabei ganz blaß.

»Was ist?« fragte David.

»Das ist ja nur eine Imitation!« rief die Witwe. »Schaut es euch an! Das sind keine Diamanten. Das ist nur einfaches Glas!«

Alle besahen sich das Halsband und mußten ihr zustimmen. Das Halsband war nichts wert.

»Dieser alte Bösling!« schimpfte die Witwe. »Er hat uns hereingelegt!« Sie fauchte David an. »Und es ist alles deine Schuld! Du hast diesen Quatsch erzählt, daß das Diamantcollier an dem Bären hängen würde!«

»Augenblick«, sagte der Anwalt. »David könnte schon durchaus recht gehabt haben. Samuel Stone sagte, er gab es einem vierbeinigen Tier. Vielleicht sollte uns ja der Bär nur auf eine falsche Fährte locken. Es könnte doch auch ein anderes Tier hier im Zirkus sein.«

Sogleich waren alle wieder gierig.

Der Anwalt übernahm das Kommando und sagte: »Wir verteilen uns und schwärmen aus und untersuchen sämtliche Tierkäfige. Wer das Collier findet, teilt den Erlös mit den anderen.«

»Abgemacht«, sagte der Neffe.

Der Bär mochte ja zahm sein. Aber es gab auch Tiere im Zirkus, die wirklich wild waren … ganz wild!

Der Neffe steckte seinen Arm in den Löwenkäfig und bekam ihn um ein Haar abgebissen. Der Anwalt machte mutig den Tigerkäfig auf, und der Tiger entfloh. Aber er hatte auch kein Halsband um. David ging zu den Leoparden, jedoch auch von diesen hatte keiner ein glitzerndes Halsband um.

Am Ende kamen sie enttäuscht zu der Einsicht, daß sie sich ganz umsonst einer Menge Unannehmlichkeiten unterzogen hatten und daß sie von Samuel Stone wohl doch tüchtig hereingelegt worden waren.

Am Nachmittag saßen sie niedergeschlagen in der Bibliothek herum.

»Nichts zu machen«, sagte die Witwe. »Dieses Halsband finden wir nie.« Sie dachte an die Worte Samuel Stones: Es war »sehr, sehr, sehr teuer«.

David dachte nach. »Irgend etwas haben wir übersehen«, sagte er. »Er hat gesagt, vierbeiniges Tier, und er hat auch ›Bär‹ gesagt, wenn auch in dem Wort bärtig.«

»Ja, das alles hatten wir ja schon«, brummte der Neffe mißmutig. »Ich gebe auf.«

Doch David machte weiter. »Wo sonst noch könnte man einen Bären finden?«

»Im Wald natürlich«, sagte der Anwalt.

»Ja, aber in Alaska«, sagte die Witwe.

David schüttelte den Kopf. »Das bringt uns nicht weiter.« Dann fiel ihm noch etwas ein. »Und was ist mit dem Zoo?«

»Ja, was ist damit?« fragte die Witwe. David fragte den Anwalt: »Sie wissen das bestimmt. Hatte Samuel Stone irgendwelche Beziehungen oder Verbindungen mit dem Zoo?«

»Na, sicher. Er war im Vorstand unseres Zoos hier in der Stadt.«

Mit einem Schlag lag elektrisierte Spannung in der Luft.

»Das ist es dann wohl!« sagte die Witwe. »Der Bär im Zoo!«

Und sie sprangen alle auf. »Dann los!«

Eine halbe Stunde später rannten sie in aller Eile in den Zoo hinein zu den verschiedenen Tiergehegen. Da gab es die Elefanten und Giraffen, die Affen und Nilpferde, Löwen und Tiger und im letzten Käfig ganz hinten – einen Bären! Und zwar einen Bären mit einem wunderschönen glitzernden Halsband um! Sie drängten sich alle vor dem Käfig und starrten wie gebannt hinein.

»Wirklich und wahrhaftig!« flüsterte die Witwe ergriffen. »Es ist wahr. Das ist das Echte! Das muß ein Vermögen wert sein!«

»Und wie verschaffen wir es uns?« fragte der Neffe.

Sie saßen im Büro des Zoodirektors.

»Ich möchte den Bären kaufen«, sagte der Anwalt.

Doch die Witwe winkte sofort ab. »O nein, Sie nicht. Ich kaufe ihn!«

»Augenblick«, mischte sich der Neffe ein. »Ich will ihn kaufen.«

»Ich weiß gar nicht, warum Sie sich so ereifern«, sagte der Zoodirektor. »Der Bär ist nicht verkäuflich.«

»Alles ist verkäuflich«, sagte der Anwalt. So denken

Anwälte nun einmal. »Ich biete Ihnen fünfzigtausend dafür.«

Der Neffe schob ihn zur Seite. »Und ich hunderttausend.«

Die Witwe musterte sie beide böse. »Zweihunderttausend.«

Der Zoodirektor wußte nicht, wie ihm geschah angesichts der Art, wie diese drei Leute einander hektisch immer höher überboten.

»Ich«, meldete sich nun auch David, »gehe auf dreihunderttausend.«

»Vierhunderttausend!« schrie die Witwe.

»Ich will diesen Bären haben«, erklärte der Anwalt. »Fünfhunderttausend.«

»Sechshunderttausend.«

»Siebenhunderttausend.«

»Achthunderttausend!«

Sie schrien ihre Gebote nur so heraus.

Der Anwalt sagte schließlich sogar noch: »Neunhunderttausend!«

Und da stand die Witwe auf und sagte: »Eine Million Dollar!«

Auf einmal war es ganz still im ganzen Raum. Alle starrten die Witwe an. Der Zoodirektor sagte langsam: »Sie wollen im Ernst eine Million für diesen Bären bezahlen?«

»Absolut!« bestätigte die Witwe entschlossen. »Morgen haben Sie das Geld!« Sie wußte ja, sie brauchte nur das Collier zu einem Juwelier zu bringen, die fünfzehn oder zwanzig Millionen, die es wert war, einzukassieren und dem Direktor seine Million zu bezahlen, dann hatte sie immer noch genug übrig, was sie allein für sich behalten konnte.

Der Zoodirektor erhob sich, schüttelte der Witwe die Hand und sagte: »Abgemacht. Der Bär gehört Ihnen.«

Die Witwe drehte sich triumphierend zu den anderen um. Sie hatte sie alle ausgestochen.

Der Zoodirektor ging mit ihr zum Bärenkäfig. »Wohin möchten Sie den Bären geliefert haben?« fragte er.

»Ach, den können Sie behalten«, sagte die Witwe. »Geben Sie mir nur das kleine Halsbändchen, das er umhat.«

Er sah sie verwundert an. »Das ist alles, was Sie haben wollen?«

»Richtig, das ist alles.«

Der Bärenpfleger wurde geholt und nahm das Halsband ab. Er händigte es der Witwe aus. Sie brauchte nur einen kurzen Blick darauf zu werfen, um zu wissen, daß es diesmal echte Diamanten waren. *Ich bin reich!* dachte sie. *Jetzt kaufe ich die ganze Welt.*

Am Nachmittag begab sie sich mit dem Halsband zum exklusivsten Juwelier der Stadt. Ein Angestellter kam zu ihr, als sie eintrat.

»Madame, zu Ihren Diensten.«

»Wenn Sie mir bitte den Geschäftsführer holen.«

»Gewiß.«

Der Geschäftsführer kam nach einer kleinen Weile. »Guten Tag, Madame, Sie wollten mich sprechen? Womit kann ich dienen?«

»Wenn Sie sich dieses Collier ansehen würden. Ich möchte es verkaufen.«

»Verstehe. Bitte kommen Sie mit in mein Büro.« Er führte sie in ein großes und wunderschön eingerichtetes Büro. »Haben Sie das Collier bei sich?«

»Ja.« Sie holte es aus ihrer Tasche, und der Geschäftsführer begann es zu inspizieren. »Das ist ein sehr schönes Schmuckstück.«

Die Witwe lächelte. »Ich weiß.« Wieviel er wohl anbieten würde? Zehn Millionen, fünfzehn, vielleicht sogar zwanzig Millionen Dollar?

Der Juwelier holte eine Lupe hervor und besah sich das Schmuckstück aus der Nähe und in der Vergrößerung. »Sehr schöne Steine«, sagte er.

Die Witwe strahlte.

»Auch die Fassung ist wunderschön.«

Die Witwe strahlte noch mehr.

»Ein wirklich wunderschönes Collier.«

Die Witwe strahlte unermeßlich. »Sie würden es also kaufen?«

»O ja, gewiß.«

Sie entspannte sich. Endlich hatte sie ihr Vermögen.

»Ich biete Ihnen«, sagte der Juwelier, »... eine Million dafür.«

»Was?«

Er blickte auf. »Doch, das ist es wert. Eine Million ist dieses schöne Schmuckstück durchaus wert.«

»Da kann etwas nicht stimmen«, sagte die Witwe. »Es muß sehr viel mehr wert sein.«

»Bedaure, aber genausoviel ist es wert. Eine Million.«

Die Witwe strahlte nicht mehr. Das Herz sank ihr bis in die Knie. Sie hatte einen Bären für eine Million gekauft, und genausoviel war der Schmuck wert! Der ganze Aufwand und alle Mühe für nichts!

»Wollen Sie das Halsband nun verkaufen oder nicht?« fragte der Juwelier.

Sie hatte keine Wahl. Sie mußte ja diesen blöden Bären bezahlen! »Gut, ich verkaufe es.«

Am nächsten Morgen kam sie zum Zoo und überreichte dem Direktor einen Scheck über eine Million Dollar.

»Das ist sehr großzügig von Ihnen«, sagte der Zoodirektor. »Sind Sie auch wirklich sicher, daß Sie Ihren Bären doch nicht mitnehmen wollen?«

»Was täte ich denn mit einem Bären?« sagte sie.

Sie saßen auf der Terrasse beim Essen.

»So eine Zeitverschwendung!« sagte die Witwe. »Der ganze Aufwand für nichts und wieder nichts.«

»Ach, für nichts war es nicht«, widersprach David.

»Na, was denn?« fuhr ihn die Witwe böse an. »Da habe ich eine Million für dieses Halsband bekommen und die ganze Summe im Zoo abliefern müssen.«

»Eben«, sagte David. »Das war doch der Sinn der ganzen Sache. Ich habe heute morgen noch einmal mit dem Zoodirektor gesprochen. Er benutzt das Geld zum Ankauf weiterer Tiere und für neue Gehege und Tierpfleger. Deinetwegen kann unser Zoo jetzt einer der schönsten im ganzen Land werden. Da solltest du stolz darauf sein!«

Alle starrten David an.

»Wissen Sie, David«, sagte der Anwalt, »es gibt etwas, das Sie einfach nicht verstehen. Nämlich, was die Welt anstachelt und vorantreibt: die Gier.«

10. Kapitel

Es war wieder Montag vormittag, Zeit für Samuel Stone, seinen nächsten Fernsehauftritt zu absolvieren und seinen Erben versteckte Hinweise auf einen weiteren Teil seines gigantischen Vermögens zu geben. Die Witwe, der Neffe, der Anwalt und David saßen auf ihren angestammten Plätzen und warteten darauf, daß es anging. Der Butler kam herein und legte das nächste Band in den Videorecorder.

»Sind Sie bereit?« fragte er.

»Wir sind bereit.«

Das Band lief. Das Gesicht Samuel Stones erschien auf dem Bildschirm. »Da sind wir wieder«, sagte er. »Alle habt ihr gedacht, wenn ich erst mal tot bin, habt ihr endlich ein für allemal Ruhe vor mir. Wie ihr seht, ganz so einfach ist das nicht. Am liebsten wäre es mir ja gewesen, ich hätte mein ganzes Geld mit ins Grab nehmen können. Keiner von euch verdient auch nur einen Teil davon. Aber ich habe nun einmal keine anderen Hinterbliebenen, denen ich es hinterlassen könnte.«

Sein Blick richtete sich auf den Stuhl, auf dem die Witwe zu sitzen hatte. »Wenn du mein Geld findest, verschleuderst du es nur für alberne Kleider und wahrscheinlich eine blöde Jacht.«

Womit er den Nagel auf den Kopf traf, was die tatsächlichen Absichten seiner Witwe anging.

Dann wandte er sich der Stelle zu, wo der Neffe immer saß. »Und so wie ich dich kenne, würdest du mein schönes Geld auch nur für schnelle Frauen und schnelle Autos hinauswerfen.«

Womit er ebenfalls den Nagel auf den Kopf traf, soweit es die tatsächlichen Absichten seines Neffen betraf.

Und weiter wanderte sein Blick zum Platz des Anwalts. »Und was Sie betrifft, mein Lieber, haben Sie doch im ganzen Leben noch keinen Dollar ehrlich verdient. Sie versuchen, denke ich mir, soviel zu ergattern, wie es nur geht, um sich davon dann zum Eindruckschinden auf Ihre Klienten ein prächtiges Bürogebäude zu bauen.«

Genau das waren ja auch tatsächlich die Pläne des Anwalts.

Schließlich richtete Samuel Stone vom Bildschirm herunter auch noch den Blick auf David. »Und du«, sagte er, »bist überhaupt der Schlimmste von allen. Die anderen werden zumindest Spaß dabei haben, mein Geld zu verprassen. Aber was machst du mit all dem schönen Geld, das du findest? Du wirfst es den Armen vor. Und die verdienen es überhaupt nicht.«

»Tun sie schon!« rief David.

»Diskutier gar nicht erst mit mir«, sagte Samuel Stone. »Ich verabscheue Arme.«

»Wann bekommen wir endlich die neuen Hinweise zu hören?« murrte der Neffe.

Aber da sagte Samuel Stone auch bereits: »Ich gebe euch jetzt die neuen Hinweise.« Er lachte leise auf. »Dieser ist wunderschön. Und er ist mindestens eine Milliarde Dollar wert.«

Ein hörbares Atemholen ging durch den Raum.

»Hat er wirklich Milliarde gesagt?« fragte die Witwe.

Und auch der Anwalt sagte, und er sprach direkt zum Bildschirm: »Sagten Sie tatsächlich: eine Milliarde?«

»Ihr habt es doch gehört«, sagte Samuel Stone.

Der Neffe meinte: »Wir sollten vielleicht ...«

»Pst!« mahnte ihn der Anwalt zum Schweigen. »Wir wollen doch nichts verpassen.«

Samuel Stone sprach schon weiter.

»Findet ihr nicht, daß das, was wir einatmen und trinken, eine neue Attraktion bekommen sollte? Legt sie zusammen, und ihr erlebt eine wundersame Reaktion. Um dieses Rätsel zu lösen, müßt ihr sehr clever sein. Die Welt kann nicht ewig vom Öl leben.«

Der Bildschirm wurde wieder dunkel.

Alle saßen da und sahen ratlos von einem zum anderen.

»Was für ein Hinweis ist das nun wieder?« kreischte wie üblich die Witwe sofort.

»Er muß total verrückt sein«, sagte der Neffe.

Sie schrien alle durcheinander und brüllten sich auch gegenseitig an. David versuchte, sie zu beruhigen. »Wir haben doch bisher alle seine Rätsel gelöst, nicht? Versuchen wir es also auch mit diesem.«

Doch der Anwalt sprudelte hervor: »Wenn man nicht einmal weiß, wo man überhaupt anfangen soll!«

»Beim Anfang natürlich. Was war das erste, das er sagte? *Findet ihr nicht, daß das, was wir einatmen und trinken, eine neue Attraktion bekommen sollte?*«

»Und was soll das heißen?« wollte die Witwe wissen.

»Nun«, sagte David, »wir wissen, daß wir atmen. Wir atmen Luft.«

»Und das Trinken?« sagte der Neffe. »Ist damit vielleicht Alkohol gemeint?«

David schüttelte den Kopf. »Das wäre zu kompliziert, weil es einfach zu viele Arten Wein und Spirituosen gibt. Nein. Was ist das auf der ganzen Welt verbreitetste Getränk? Wasser!«

»Sie meinen, er sprach von Luft und Wasser?«

»Ich glaube schon, ja. Und dann sagte er: *Legt sie zusammen, und ihr erlebt eine wundersame Reaktion. Um dieses Rätsel zu lösen, müßt ihr sehr clever sein. Die Welt kann nicht ewig vom Öl leben.*«

»Was denn für eine Reaktion?«

»Das müssen wir eben herausfinden«, sagte David. »Nehmen wir uns mal den letzten Teil vor. *Um dieses Rätsel zu lösen, müßt ihr sehr clever sein. Die Welt kann nicht ewig vom Öl leben.*«

»Verstehe ich nicht«, sagte der Anwalt. »Was will er damit sagen?«

David runzelte die Stirn: »He, ich glaube, ich weiß, was er damit sagen will!«

Alle wandten sich ihm zu. »Was?«

David sagte langsam: »Ich denke mir, er hat einen Weg gefunden, wie man aus Luft und Wasser einen Treibstoff machen kann, der das Erdöl ersetzt.«

»Das ist doch verrückt!« rief die Witwe.

»Völlig unmöglich!« sagte der Neffe.

»Ja, ich weiß, es klingt verrückt«, räumte David ein. »Aber denken wir noch einmal an seinen Satz: *Um dieses Rätsel zu lösen, müßt ihr sehr clever sein.* Ich glaube, er meint das Auto. Und wenn wir diese Formel finden, kann das wirklich eine Milliarde wert sein.« Er fragte den Anwalt: »Hat Mr. Stone in letzter Zeit irgendein Patent anzumelden versucht?«

Der Anwalt verneinte kopfschüttelnd. »Nicht, daß ich wüßte.«

»Dann schauen wir alt aus«, sagte der Neffe.

»Den Mann könnte ich umbringen!« zischte die Witwe zornig.

»Nicht mehr nötig«, erinnerte sie der Anwalt, »er ist schon tot.« Dann jedoch hellte sich sein Gesicht auf. »Moment mal! Samuel Stone sagte tatsächlich einmal etwas von einem Professor, den er wegen einer Erfindung anheuern wollte. Allerdings sagte er nichts davon, worum es sich handelte.«

»Wenn er jemanden anheuerte«, bemerkte David, »muß er ihm doch einen Honorarscheck ausgeschrieben haben.« Er wandte sich an die Witwe. »Hast du sein Scheckbuch?«

»Das verwahrte er in einer Schublade im Schreibtisch seines Arbeitszimmers.«

Alle stürmten sogleich in das Arbeitszimmer. Und da lag auch das Scheckbuch in der Schublade. Die Witwe nahm es und sah die Zahlungseinträge durch. »Da ist etwas. Ein Scheck auf fünfzigtausend Dollar für einen Professor Kevin Manning.«

»Das muß es sein«, rief der Neffe. »Dieser Professor Manning kann uns sagen, wo sich die Formel befindet!«

Die Witwe suchte bereits im Telefonbuch nach der Nummer des Professors. »Da ist sie, hier! Kevin Manning. Ich werde ihn gleich mal aufsuchen und euch dann mitteilen, was er zu sagen hat.«

»O nein, das tust du nicht«, sagte der Neffe. »Wir suchen ihn alle gemeinsam auf.«

»Vertraut ihr mir etwa nicht?« fragte die Witwe scheinheilig.

»Absolut nicht«, erklärte der Anwalt.

Fünf Minuten später waren sie alle zusammen auf dem Weg zu Professor Manning.

Das Haus lag in einer heruntergekommenen Gegend und war klein und schäbig. Sie drängelten sich alle zur Haustür und klingelten. Aber niemand öffnete.

»Wetten, daß er mit der Formel durchgebrannt ist?« sagte die Witwe. »Er hat uns unsere Milliarde Dollar gestohlen!«

Der Neffe spähte durch ein Fenster in das Wohnzimmer. »Gehen wir einfach hinein«, sagte er. »Vielleicht finden sich Hinweise.«

»Das ist nicht erlaubt!« protestierte David.

»Ach, hören Sie doch auf mit Ihren ewigen Einwänden«, sagte der Anwalt. »Er hat völlig recht. Schauen wir nach, ob sich etwas findet. Wir brechen einfach die Tür auf.«

Doch das war nicht nötig. Zu ihrer Verwunderung entdeckten sie, daß die Tür überhaupt nicht verschlossen war. Hintereinander gingen sie hinein in das Haus. Als sie zum Wohnzimmer kamen, blieben sie abrupt stehen wie angewurzelt. Mitten im Raum lag eine Leiche auf dem Boden. Mit einer Kugel im Kopf.

»O mein Gott!« sagte der Neffe. »Der Professor ist ermordet worden!«

Im ganzen Raum war alles drunter und drüber. Lampen, Stühle, Tische, alles war umgeworfen.

»Wer ihn umgebracht hat«, sagte David, »suchte nach der Formel.«

»Glauben Sie, er hat sie gefunden?« fragte die Witwe.

David schüttelte den Kopf. »Weiß nicht. Jedenfalls ist hier gründlich gesucht worden.« Er ging zu einem Schreibtisch, auf dem Papiere lagen, und sah sie kurz durch. Dann hielt er abrupt inne. »Seht mal!« sagte er. Er hielt einen Umschlag hoch, der an Samuel Stone adressiert war. »Den haben sie übersehen. Der Professor wollte ihn offensichtlich an Samuel Stone abschikken. Es könnte die Formel darin sein.«

»Machen Sie auf!« verlangte der Anwalt.

Unter den Augen aller öffnete David den Umschlag. Es kamen Zeichnungen einer Maschine zum Vorschein und mathematische Gleichungen, die sie alle nicht verstanden. Aber dafür verstanden sie eines: Sie hielten eine Milliarde Dollar in der Hand.

»Unglaublich«, sagte der Neffe. »Das ist eine Formel für Autos, die mit Wasser und Luft angetrieben werden. Wißt ihr, was das bedeutet? Es wird die ganze Welt revolutionieren!«

Die Witwe lächelte. »Auf jeden Fall wird es meine Welt revolutionieren! Das ist nicht nur eine Milliarde wert, es ist Hunderte Milliarden wert. Die Welt ist nicht mehr auf Erdöl angewiesen. Mit dieser Formel betreiben wir Fabriken und Gesellschaften und Eisenbahnen und ...« Sie war so aufgekratzt, daß sie sich hinsetzen mußte.

David sah auf den toten Professor am Boden. »Wir sollten jetzt die Polizei rufen«, sagte er, »und ihr diesen Mord melden.«

»Augenblick«, wandte der Anwalt ein. »Wenn wir die Polizei rufen, kommt sie und stellt uns endlose Fragen, und wir müssen über diese Formel Auskunft geben.

Entfernen wir uns lieber erst von hier. Wir können die Polizei ja dann von zu Hause aus anrufen.«

»Ich finde das nicht richtig«, sagte David.

»Das ist Ihr Problem«, tat ihn der Anwalt ab. »Sie denken doch immer nur daran, was angeblich richtig ist.«

Sie kehrten mit der magischen Formel ins Haus zurück, und es herrschte eitel Freude unter ihnen. Sie waren reicher, als sie es sich in ihren wildesten Vorstellungen hätten träumen lassen! David griff zum Telefon und rief bei der Polizei an. »Ich möchte einen Mord melden«, sagte er.

Man verband ihn mit Inspektor Bandy, dem Leiter der Mordkommission.

»Sie möchten einen Mord anzeigen?«

»Richtig«, sagte David. Und er gab dem Inspektor die Adresse des Hauses von Professor Manning.

Nachdem er aufgelegt hatte, sagte er: »Jetzt fühle ich mich schon besser. Jetzt können sie anfangen, nach dem Mörder zu suchen.«

Der Anwalt aber sagte: »Setzt euch mal alle hin. Wir müssen besprechen, wie es weitergehen soll.« Er hielt den Umschlag mit der Formel hoch. »Dies hier ist wahrhaft erderschütternd. Revolutionär eben. Und Mr. Stone hatte recht, es ist Milliarden wert. Alle Welt wird es uns abzujagen versuchen. Die Ölgesellschaften speziell werden verrückt spielen. Und mit ihnen die arabischen

Länder. Denn damit nehmen wir ihnen über Nacht ihre Existenz und das ganze Geschäft. Das erste, was wir deshalb tun müssen: Wir müssen die Formel patentieren lassen. Ich gehe gleich mal zum Patentamt und –«

»O nein, das tun Sie nicht«, sagte der Neffe. »Wir gehen alle mit. Wir werden einander gegenseitig nicht mehr aus den Augen lassen.«

David sah auf die Uhr. »Das Patentamt ist nicht mehr auf, aber wir können gleich morgen früh hingehen und die Formel anmelden.«

»Nie hätte ich gedacht, daß ich noch einmal so reich werde«, sagte die Witwe hingerissen. »Ich könnte ihn glatt küssen, den alten Samuel Stone!«

»Er ist doch tot«, erinnerte sie der Anwalt.

Das Telefon klingelte. Es war für David. Inspektor Bandy war am Apparat.

»Waren Sie das, der einen Mord in der Elm Street 214 gemeldet hat?«

»Ja, das stimmt.«

»Und Sie sagten, Sie hätten die Leiche im Wohnzimmer dort entdeckt?«

»Ja.«

»Was für ein schlechter Scherz soll das sein?«

»Wieso?« fragte David. »Ich verstehe nicht.«

»Wir sind direkt in diesem Haus hier. Weit und breit ist keine Leiche.«

Als David auflegte, sah er die anderen reihum an und sagte: »Da geht etwas Merkwürdiges vor.«

»Wovon reden Sie?«

»Das war die Polizei. Die Leiche ist verschwunden.«

»Was soll das heißen?« fragte die Witwe.

»Das will ich euch sagen«, erklärte David langsam. »Während wir dort waren, befand sich noch jemand anderer in dem Haus, und zwar vermutlich der Mörder des Professors. Und er hat gesehen, wie wir mit der Formel fortgingen.«

»Du meinst, er folgte uns?« fragte der Neffe.

»Das vermute ich stark«, sagte David.

Die Witwe starrte ihn an. »Willst du damit sagen, wir sind vielleicht in Lebensgefahr?«

David nickte. »Genau das will ich damit sagen.«

Wie sich herausstellte, hatte David recht. Mitten in der Nacht hörten sie einen Einbrecher, der sich Zutritt ins Haus zu verschaffen suchte. Alle machten das Licht an, und da floh der Einbrecher. Aber sie hatten das sichere Gefühl, daß er wiederkommen werde. Sie versammelten sich im Wohnraum, um zu besprechen, was zu tun sei.

»Sie können nicht sicher sein, daß wir die Formel haben«, sagte David. »Ich würde es deshalb für einen Fehler halten, wenn wir sofort zum Patentamt gingen. Wenn sie uns auf dem Weg dorthin sehen, bringen sie uns vermutlich um. Wir sollten uns lieber zuerst einmal ganz normal verhalten und solange, bis uns niemand mehr verdächtigt und mißtrauisch ist, die Formel einfach nur verwahren.«

»Richtig«, sagte die Witwe. »Da gehe ich morgen einfach nur zu einem Friseur und zum Einkaufen.«

»Und ich in meinen Klub und trinke dort etwas«, meinte der Neffe.

»Ich gehe einfach ins Büro wie normal«, sagte der Anwalt. »Sie haben völlig recht, David. Wir dürfen nichts tun, was uns auffällig und verdächtig macht.«

Am nächsten Morgen ging die Witwe zum Friseur und anschließend zum Einkaufen in ein großes Kaufhaus. Sie trat in einen Aufzug, in dem sonst niemand war, aber kurz bevor die Tür zuging, schlüpfte noch schnell ein großer Mann zu ihr mit hinein. Er war schon dabei, ein Messer aus der Tasche zu ziehen und es aufzuklappen, als noch mehrere Leute in den Aufzug drängten und die Witwe damit fürs erste in Sicherheit war.

Der Neffe war auf dem Weg zu seinem Klub und kam an einem Haus vorbei, von dem plötzlich jemand einen großen Stein auf ihn herabwarf. Weil er sich im selben Augenblick gebückt hatte, um ein vor ihm am Boden liegendes Geldstück aufzuheben, traf ihn der Stein nicht.

Der Anwalt überquerte eben die Straße, als ein Auto mit großer Geschwindigkeit auf ihn zukam. Er entging dem Überfahrenwerden nur knapp, weil er gerade noch rechtzeitig zurücksprang.

David geriet in keine solche Gefahr, weil er das Haus gar nicht erst verließ. Aber auch er wurde das Gefühl nicht los, daß sie alle miteinander in großer Gefahr schwebten. Die Leute, die die Formel an sich bringen wollten, hatten bereits einen Mord begangen, und für David war klar, daß sie darum vor nichts zurückschreckten. Die reichen und mächtigen Ölgesellschaften standen vor dem sicheren Ruin, wenn die neue Formel erst einmal heraus war. Sämtliche Tankstellen der Welt mußten dann ja zusperren.

Das Abendessen an diesem Tag verlief sehr schweigsam.

»Ich habe Angst«, sagte die Witwe.

Sie hatten alle Angst, wollten es aber nicht eingestehen. Sie gingen früh zu Bett, konnten aber nicht einschlafen. Sie hörten Geräusche in der Nacht, schrieben sie aber ihrer Einbildung zu. Als sie am Morgen zum Frühstück hinunterkamen, sahen sie als erstes nach, ob der Safe, in den sie die Formel verschlossen hatten, noch unversehrt war. Aber alles war in Ordnung.

Trotzdem beunruhigte David etwas. *Wenn ich nur wüßte, was,* dachte er. Er sah sich im Raum um und spürte, daß irgend etwas nicht stimmte. Dann plötzlich wußte er es. Verschiedene Dinge waren nicht an ihrem üblichen Platz. Eine Stehlampe war verschoben, ein Tisch verrückt worden. Es war also jemand im Haus gewesen! Die Geräusche, die er nachts gehört hatte, waren keine Einbildung! Aber warum kam jemand ins Haus und nahm doch nichts mit? Auch dafür wußte er mit einem Schlag die Antwort. Er ging zu der Stehlampe und nahm den Lampenschirm ab – und tatsächlich, da sah er die »Wanze«, das Abhörmikrophon. Und unter dem Tisch, der nicht mehr an seinem Platz war, fand er eine zweite.

Die anderen sahen neugierig zu, was er da machte.

»Was machst du da, David?« wollte der Neffe wissen.

David richtete sich auf. »Ach, nichts«, sagte er. Er legte den Finger auf den Mund und winkte sie in den Garten.

»Was ist los?« fragte der Anwalt.

»Sie haben das Haus verwanzt«, sagte David. »Sie hören alles mit, was gesagt wird. Würde mich nicht wundern, wenn auch versteckte Kameras installiert worden wären.«

»Sie meinen, man beobachtet uns heimlich?« flüsterte der Neffe.

»Schon möglich«, sagte David.

»O mein Gott«, stöhnte die Witwe. »Sie bringen uns alle um!«

»Ich hätte wissen müssen, daß dies eine Nummer zu groß für uns ist«, sagte David. »Was wir hier in der Hand haben, bedeutet schließlich einen gewaltigen Einschnitt in das Gefüge der gesamten Weltwirtschaft. Lieber bringen sie uns um, als daß sie das zulassen.«

»Wir könnten die Polizei einschalten«, regte der Anwalt an.

»Ach was, die sind viel mächtiger als die ganze Polizei. Haben Sie eine Vorstellung, wie groß diese Sache ist? Nein, wir müssen uns schon etwas anderes ausdenken.«

»Jedenfalls liefern wir ihnen die Formel auf keinen Fall aus!« erklärte die Witwe. Sie hatte doch keine Absicht, das ganze Geld wegzugeben, mit dem sie sich ihre schönen Kleider und eine Jacht und prächtige Häuser in Südfrankreich kaufen konnte!

»Absolut nicht!« pflichtete ihr der Neffe bei. Er gab doch nicht das ganze Geld auf, mit dem er sich schnelle Autos und schöne Frauen kaufen konnte!

»Völlig richtig!« sagte auch der Anwalt. Er gab doch nicht seinen Traum von dem großartigen Gebäude auf, mit dem er seine Mandanten beeindrucken konnte!

David war der einzige, der sich nicht so sicher war. Auch er hätte zwar gerne das viele Geld gehabt, mit dem er dann den Armen und Obdachlosen hätte helfen können. Aber er fürchtete doch mehr das Risiko für ihrer aller Leib und Leben. Die Leute, mit denen sie es da zu tun hatten, waren zu mächtig, als daß sie ihnen hätten Einhalt gebieten können. Und sie waren auch ganz offensichtlich mit Nachdruck darauf aus, sich der Formel zu bemächtigen.

»Was machen wir jetzt?« fragte der Neffe. »Wenn das ganze Haus verwanzt ist, können sie doch jedes Wort mithören, das wir reden!«

Doch genau das gab David nun eine Idee ein. »Eben!« rief er. »Das ist es!«

»Das ist was?« fragte die Witwe.

»Ist doch ganz einfach«, erläuterte David. »Nachdem sie alles mithören können, was wir sagen, sagen wir auch nur Sachen, die sie hören wollen.«

»Was wollen wir sie denn hören lassen?« fragte der Anwalt.

»Daß wir die Formel gar nicht mehr haben!«

»Aber wir haben sie doch!« sagte der Neffe.

»Wir vernichten sie.«

Alle starrten ihn ungläubig an.

»Bist du verrückt?«

»Natürlich nicht wirklich«, erklärte David. »Wir tun nur so, als vernichteten wir sie. Dann lassen sie uns wieder in Ruhe.«

Alle sahen ihn bewundernd an.

»Großartige Idee!« sagte der Anwalt. »Aber wie machen wir es?«

»Ich bereite einen zweiten Umschlag vor«, sagte David, »mit leeren Blättern darin. Dann gehen wir ins Haus und führen ein Gespräch, in dem wir so tun, als würden wir beschließen, die Formel lieber zu vernichten. Wir machen Feuer im Kamin und verbrennen diesen zweiten Umschlag darin. Dann denken sie, das Problem ist gelöst, und kümmern sich nicht mehr weiter um uns. Nach ein paar Tagen gehen wir zum Patentamt und melden die Formel an. Sobald das aber geschehen ist, ist es für sie zu spät, noch etwas zu unternehmen. Es hat dann keinen Sinn mehr, uns weiter zu verfolgen.«

Die Witwe war so begeistert, daß sie David sogar umarmte und erklärte: »David, du bist ein Genie!«

»Und wann wollen wir es machen?« erkundigte sich der Neffe.

»Gleich morgen früh als erstes«, sagte David. »Aber jetzt sollten wir wieder hineingehen, damit sie hören können, was wir reden.«

»Richtig.«

Und sie gingen wieder ins Haus hinein und begannen zu reden, aber alles war nur dafür gedacht, daß es die versteckten Abhörmikrophone auffingen.

David begann. »Wißt ihr«, sagte er laut und deutlich, damit es auch wirklich mitgehört werden konnte, »ich habe über diese Sache mit der Formel nachgedacht. Sie ist viel zu gefährlich, als daß wir sie behalten sollten.«

»Daran habe ich auch schon gedacht«, sagte nun der Anwalt. »Aber was können wir in der Sache tun?«

Der Neffe meldete sich. »Am besten verbrennen wir sie.«

Die Witwe bekräftigte dies. »Das ist eine gute Idee, finde ich.«

»Gut, wir sind uns einig«, stellte David laut fest. »Dann verbrennen wir die Formel gleich morgen früh.«

»Richtig!« riefen sie alle im Chor.

»Jetzt ist mir bedeutend wohler«, sagte David. »Danach brauchen wir uns keine Sorgen mehr zu machen.«

Und sie blinzelten sich gegenseitig zu, weil sie die heimlichen Mithörer irregeführt hatten.

David gähnte sogar noch laut. »Na, dann will ich mal zu Bett gehen.«

»Ich auch«, sagte die Witwe. »Jetzt, wo klar ist, daß wir diese dumme Formel verbrennen, kann ich hoffentlich wieder ruhig schlafen.«

Sie wünschten alle einander gute Nacht und begaben sich auf ihre Zimmer.

Alle außer David. Er huschte leise zu dem Schreibtisch und entnahm ihm einen Umschlag, der genauso aussah wie der mit der echten Formel darin. Er legte einige leere Blätter hinein und verschloß ihn. Morgen früh würden sie dann diesen falschen Umschlag verbrennen, den richtigen aber behalten.

Als er mit diesen Vorbereitungen fertig war, ging auch er schlafen. Er träumte in dieser Nacht wild von einer ganzen Armee, die ihn mit Maschinengewehren angriff.

Am nächsten Morgen kamen sie alle nach unten zum Frühstück. David nickte zu der Stehlampe hin, um sie alle daran zu erinnern, daß der Raum verwanzt war.

»Ich fühle mich wirklich sehr erleichtert«, sagte die Witwe, »daß wir diese Formel verbrennen.«

»Ich auch«, sagte der Neffe.

»Wir bringen es am besten gleich nach dem Frühstück hinter uns«, erklärte David. »Ich wollte sowieso, wir hätten nie etwas von dieser Formel gehört.« Aber natürlich meinte er das nicht wirklich. Vielmehr war er fasziniert von der Idee, eine solche Riesenmenge Geld zu bekommen, die er an die Armen und Obdachlosen verteilen konnte.

Gemeinsam gingen sie nun nach ihrem Frühstück zu dem Safe, und David holte den echten Umschlag heraus. »Wir verbrennen ihn am besten im Kaminfeuer in der Bibliothek«, sagte er laut. »Kommt!«

Sie zogen alle miteinander in die Bibliothek. David legte den Umschlag direkt neben den falschen, den er vorbereitet hatte. »Machen wir ein Feuer«, verkündete er.

»Ich mache das«, meldete sich der Neffe. Er holte Streichhölzer und entzündete das Holz im offenen Kamin.

»So, das Feuer brennt jetzt schön«, stellte David laut und deutlich fest, damit es die ungebetenen Mithörer auch wirklich gut verstanden.

In diesem Moment kam der Butler herein. »Entschuldigung, Sir«, sagte er zu David, »aber da ist jemand, der Sie sprechen möchte.«

»Wer?« fragte David.

»Soviel ich verstanden habe, heißt er Bandy.«

Alle sahen sich erschrocken an und folgten David nach draußen. Der Butler sah hinter ihnen her und fragte sich, was der Polizeiinspektor wollen mochte. Er war schon dabei, wieder wegzugehen, als er die beiden direkt nebeneinander liegenden Umschläge auf dem Kaminsims entdeckte. Sie sahen völlig gleich aus. Nanu? dachte er und nahm sie, um sie genauer anzusehen. Sie schienen völlig gleich zu sein. Er legte sie achselzuckend wieder hin, doch vertauscht. Jetzt war die echte Formel links und der Umschlag mit den leeren Blättern rechts.

Nebenan sprachen die Erben mit Inspektor Bandy.

»Wir haben die Leiche des Professors gefunden«, sagte er. »Sie lag im Kofferraum des Autos. Wenn Sie bitte mitkommen möchten, um ihn zu identifizieren.«

»Selbstverständlich«, sagte David. »Geht es ein wenig später? Wir haben im Augenblick etwas sehr Wichtiges zu erledigen!«

»Jederzeit, heute nachmittag.«

»Vielen Dank.«

Sie warteten, bis der Inspektor wieder gegangen war, und kehrten dann hastig in die Bibliothek zurück, wo das Feuer im Kamin inzwischen prasselte.

»Gut!« erklärte David wieder laut und deutlich. »Also dann los. Wir verbrennen die Formel.« Und er griff nach dem Umschlag, den er für den richtigen, also für den falschen hielt, und warf ihn in das Kaminfeuer.

Sie sahen zu, wie er verbrannte, und lächelten einander zu.

»Da geht sie hin, die Formel!« rief die Witwe übertrieben laut. »Na und? Ist schließlich nur Geld!«

»Richtig.« David lächelte. Er griff nach dem anderen Umschlag und machte ihn auf. Alle beobachteten ihn gespannt, als er die leeren Blätter herauszog.

Er wurde leichenblaß. »Um Gottes willen!« stammelte er. »Jetzt habe ich tatsächlich die echte Formel verbrannt!«

Die Witwe fiel in Ohnmacht.

11. Kapitel

Und wieder kam ein magischer Montag, an dem die Erben eine weitere Chance bekommen sollten, ein Vermögen zu gewinnen. Sie saßen alle auf der Terrasse und ergingen sich in Vermutungen über die Hinweise, die sie diesmal wohl bekommen würden.

»Ich hoffe, er macht es heute etwas einfacher«, sagte die Witwe. »Einen so verschlagenen Menschen wie ihn gibt es kein zweites Mal.«

»Das können Sie laut sagen«, meinte der Anwalt.

»Andererseits«, gab David zu bedenken, »konnten wir bisher noch alle seine Rätsel lösen.«

»Das stimmt«, pflichtete der Neffe bei und seufzte: »Wenn auch ein paar davon ganz schön verzwickt waren.«

Der Butler näherte sich und kündigte der Witwe an: »Ein gewisser Mr. Popow möchte Sie sprechen.«

»Kennt den einer von euch?« fragte die Witwe die anderen. Alle verneinten kopfschüttelnd.

Der Butler sagte: »Er behauptet, er war ein Freund von Mr. Stone.«

»Ja, sicher«, erklärte der Neffe, »das sagen sie alle. Wahrscheinlich ist er nur hinter etwas her.«

»Schicken Sie ihn weg«, sagte die Witwe.

»Sehr wohl, Madame«, sagte der Butler und ging.

»Popow«, überlegte der Anwalt, »das klingt russisch.«

Der Neffe sah auf die Uhr und stand auf. »Kommt, es ist Zeit für Onkel Samuel.«

Sie saßen, jeder auf seinem üblichen Platz, in der Bibliothek und warteten auf den Butler mit dem heutigen Videoband.

Die Witwe haßte es, jede Woche das Gesicht ihres toten Mannes sehen und seine Stimme hören zu müssen, wenn auch nur vom Bildschirm. Sie hatte geglaubt, ihn endlich loszusein, als er gestorben war. Aber er hatte leider diesen Weg gefunden, noch aus dem Grab zu ihr zu sprechen.

Der Butler kam.

»Haben Sie diesen Russen weggeschickt?« erkundigte sich die Witwe.

»Ja, Madame. Er war allerdings sehr hartnäckig. Er sagte, es sei sehr wichtig.«

»Klar, für ihn vielleicht«, brummte der Neffe und drängte den Butler: »Na los, machen Sie schon. Ich will hören, was er uns heute sagt.«

»Sehr wohl, Sir.« Der Butler ging zum Fernseher, schaltete ihn an und legte die neue Kassette in den Videorecorder. Im nächsten Augenblick erschien auch schon Samuel Stone auf dem Bildschirm.

»Da wären wir wieder. Wieder ein Montagvormittag. Ich hoffe sehr, daß euch das Auffinden des letzten Schatzes viel Mühe machte. Und ich hoffe auch sehr, daß ihr es heute gar nicht schafft.« Er lachte böse.

»Du alter Geizkragen, du!« schimpfte die Witwe zum Bildschirm hin.

Als hätte er es wirklich gehört, zog Samuel Stone auf dem Bildschirm Stirnfalten, und die Witwe hatte das Gefühl, er werde sie gleich schlagen. Vielleicht war er ja gar nicht wirklich tot?

»Na, nun mach schon weiter mit den Hinweisen«, brummte der Neffe ungeduldig. Er hoffte, das neue Rätsel vor den anderen zu lösen und dann das ganze Geld davon allein einzustreichen.

Samuel Stone sagte: »Folgt der Goldenen Regel und seid ein gutes Ei. Es hilft zu einem gesunden Frühstück. Aber seid nicht hektisch wie die Rußfangkehrer!«

Und weg war das Bild und der Bildschirm wieder dunkel.

Die Witwe starrte noch einen Moment darauf und zeterte dann los: »Das ist alles? Das nennst du Hinweise, du elender, alter, böser Mensch? Wie kannst du es nur wagen, so mit mir umzugehen!«

»Beruhige dich!« sagte David. »Er hört es doch gar nicht!«

»Nur schade, daß ich zu seinen Lebzeiten nicht gemeiner zu ihm gewesen bin!«

»Ach, du warst gemein genug«, bemerkte der Neffe.

David ging dazwischen. »Schluß jetzt, hört auf. Diese Streitereien führen zu gar nichts. Laßt das doch. Viel wichtiger ist, daß wir den Hinweis enträtseln.«

»Was denn für einen Hinweis?« schrie ihn die Witwe an. »Seid ein gutes Ei? Eßt ein gesundes Frühstück? Was soll das bedeuten?«

Der Anwalt meinte: »Offensichtlich geht es um Eier.«

Der Neffe rief aufgeregt: »Er hat irgendwas in irgendein Ei verpackt!«

»Das muß es sein!« sagte der Anwalt.

Sie rannten alle in die Küche. Die Witwe öffnete den Kühlschrank. Es waren zwei Kartons Eier darin, ein Dutzend in jedem. Sie zerrte sie heraus und stellte sie auf den Küchentisch.

»Wie stellen wir fest, welches Ei?« fragte der Neffe.

»Wir probieren sie einfach der Reihe nach aus!« entschied der Anwalt.

Sie sahen zu, wie die Witwe das erste Ei aufschlug. Es klatschte auf dem Tisch auseinander. »Nichts«, sagte sie. »Es ist einfach nur ein Ei.«

Sie versuchte das nächste. Dasselbe passierte. Eines nach dem anderen schlug sie sämtliche Eier auf. Als sie fertig war, schwamm die Küche in Eiern. Aber nirgends war das kleinste Anzeichen von einem Schatz.

»Also hat er uns wieder einmal an der Nase herumgeführt«, sagte die Witwe. »In diesen Eiern ist gar nichts.«

»Reden wir doch drüben weiter«, schlug David vor.

Als sie wieder alle in der Bibliothek saßen, erklärte er: »Wir müssen uns diese Hinweise noch einmal genau ansehen. Er sagte: Folgt der Goldenen Regel, und er sagte: Seid nicht hektisch wie die Rußfangkehrer.«

»Ja, aber was soll es bedeuten?« fragte der Neffe.

»Golden ...«, sinnierte David. »Da gibt es doch ein Märchen von einem Goldenen Ei?« Er dachte angestrengt nach. »Was für ein Ei kann ein Vermögen wert sein? Die einzigen besonders wertvollen Eier, die ich kenne, sind die Fabergé-Eier.« Sein Gesicht hellte sich auf. »Ja, das ist es! Seid nicht hektisch wie die Rußfangkehrer! Das könnte bedeuten: Ruß-land! Die Fabergé-Eier stammen aus Rußland!«

»Was ist das, ein Fabergé-Ei?« fragte der Neffe.

David erklärte es ihm. »Vor vielen Jahren, als in Rußland noch die Zaren regierten, schuf ein Goldschmied namens Fabergé wunderschöne Schmuckeier aus Gold und Emaille und Edelsteinen.«

»Und die sind soviel wert?« fragte die Witwe.

»Ein einziges dürfte heutzutage an die fünf Millionen Dollar wert sein.«

»Und die stammen aus Rußland?« forschte der Neffe.

»Ja.«

»Großer Gott: der Mann, der hier war! Wie hieß er?«

»Popow«, sagte der Anwalt.

»Richtig. Popow. Sie haben doch gesagt, das sei ein russischer Name?«

»Wahrscheinlich war er da, um uns dieses Ei zu bringen«, stöhnte die Witwe. »Und ich schicke ihn weg!«

»Wir müssen ihn finden!« sagte der Anwalt.

»Aber wie?« fragte der Neffe.

Sie suchten in aller Eile den Butler.

»Ist Mr. Popow schon weg?«

»Ja.«

Die Witwe packte ihn am Arm. »Hat er etwas gesagt, wo er ist?«

»Er wollte zurück in sein Hotel.«

»Ja, welches Hotel denn, sagen Sie schon!« rief der Neffe und schüttelte ihn unwillkürlich am Ärmel.

»Das sagte er nicht«, antwortete der Butler.

»So viele Hotels gibt es in der Stadt nicht«, erklärte der Anwalt. »Wir finden ihn schon.«

Kurz danach suchten sie das Telefonbuch nach allen Hotels der Stadt durch und riefen sie der Reihe nach an. Im zehnten Hotel hatten sie Glück.

»Wohnt bei Ihnen ein Mr. Popow?«

»Ja, das stimmt. Er ist nur gerade ...«

Aber da hatte der Neffe schon wieder aufgelegt. »Ich habe ihn! Er wohnt im Beverley Hilton!«

Alle rannten getrennt zu ihren Autos und fuhren los, um den anderen zuvorzukommen, in der Hoffnung, dann den Schatz für sich allein behalten zu können. Aber sie blieben alle im dichten Verkehr stecken.

Der Neffe kam schließlich als erster an, stürmte hinein zum Empfang und keuchte: »Ich möchte zu Mr. Popow.«

»Sind Sie der Herr, der vorhin angerufen hat?«

»Ja.«

»Ich habe es Ihnen noch zu sagen versucht, aber Sie hatten gleich aufgelegt. Mr. Popow ist schon abgereist.«

»Was? Sagten Sie abgereist?«

»Wie ich sagte, ja. Sein Gepäck wurde heruntergebracht, und er ist auf dem Weg zum Flughafen.«

Die anderen waren gerade noch rechtzeitig ebenfalls angekommen, um diese letzte Antwort zu hören. Und schon waren sie ohne ein Wort wieder weg und rasten zum Flughafen.

Mr. Popow wollte gerade zu seinem Flugzeug gehen, als er über den Lautsprecher ausgerufen wurde. »Mr. Popow, melden Sie sich bitte an einem der weißen Telefone! Mr. Popow, bitte, gehen Sie zu einem der weißen Telefone!«

Mr. Popow fragte sich, wer das wohl sein mochte. Er sah auf die Uhr. Er wollte sein Flugzeug nicht versäumen. Aber er ging dann doch zu einem der weißen Telefone und meldete sich. »Hier Popow.«

Und eine Frau und drei Männer kamen plötzlich mit offenen Armen auf ihn zu.

»Mr. Popow«, rief die Witwe aus, »ich bin hocherfreut, Ihre Bekanntschaft zu machen!«

Popow legte den Hörer auf und war leicht verdutzt. »Wer sind Sie denn?«

»Ich bin Mrs. Samuel Stone! Sie waren heute früh bei mir.«

»Ja. Aber Ihr Butler hat mich hinausgeworfen.«

»Dieser dumme Mensch! Wie konnte er das tun? Wo ich mich so auf Ihren Besuch gefreut habe!«

»Sie haben sich darauf gefreut?«

»Ja, sicher doch!« sagte die Witwe und hakte ihn unter.

»Moment mal«, meldete sich der Neffe. »Möchtest du uns nicht vorstellen?«

Die Witwe seufzte. »Na gut. Also, das ist mein Neffe, dies ist unser Anwalt, und der da ist David.«

»Sehr erfreut, die Herren«, sagte Popow höflich. »Aber wenn Sie mich jetzt entschuldigen wollen. Mein Flugzeug wartet.«

Die Witwe war ganz erschlagen. »Flugzeug? Sie wollen uns verlassen? Aber nicht doch, wo wir uns gerade erst getroffen haben! Wir haben soviel miteinander zu bereden! Sie müssen bleiben!«

Popow wunderte sich. »Ja, aber ich habe doch mein Hotel schon verlassen und alles.«

Jetzt tat der Neffe so, als könne er das gar nicht fassen. »Hotel? Sie haben in einem Hotel gewohnt und nicht bei uns? Aber wieso denn?«

»Ja, richtig!« kam ihm der Anwalt zu Hilfe. »Und heute abend sind Sie unser Gast bei einem guten Essen.«

»Sehr freundlich von Ihnen«, antwortete Popow. »Aber ich hatte eigentlich das Gefühl, daß Sie mich nicht sehen wollten.«

»Aber Sie wissen ja gar nicht, wie froh wir sind, Sie bei uns zu haben!« sagte der Anwalt. »Ich lasse gleich mal Ihr Gepäck holen.«

Zehn Minuten danach fuhren sie hintereinander her zum Haus zurück.

Das Abendessen war eine aufwendige Angelegenheit. Sie drängten Popow pausenlos zum Essen und Trinken, bis er fast platzte und halb betrunken war.

»Sie und mein Mann müssen sehr eng zueinander gestanden haben«, vermutete die Witwe.

»Ja. Ich war sehr betrübt, von seinem Tod zu erfahren. Sobald ich es hörte, kam ich hierher. Ich hatte etwas zu überbringen, an dem ihm sehr gelegen war.«

»Und ich glaube, ich weiß, was das ist«, sagte die Witwe schelmisch. »Haben Sie es bei sich?«

»Ja. In meinem Koffer.«

»Holen Sie es doch herunter«, schlug der Anwalt vor.

»Möchten Sie es wirklich jetzt gleich sehen?«

»Unbedingt!« sagte David.

Sie sahen Popow nach, wie er die Treppe hinauf nach oben ging.

»Na«, sagte der Neffe, »das war nun wirklich eines der einfachsten Rätsel bisher. Ist uns direkt ins Haus gelaufen.«

»Ich kann es gar nicht mehr erwarten, bis ich das Ei sehe«, sagte die Witwe.

Popow kam wieder. Er trug einen großen, in braunes Packpapier eingewickelten viereckigen Gegenstand.

»Merkwürdige Form für ein Ei«, bemerkte David.

»Das ist es«, sagte Popow. »Er war ganz verrückt danach.«

Er riß das Verpackungspapier auf, und sie sahen sich einem Gemälde von einem Haus gegenüber.

»Was ist das denn?« fragte die Witwe.

»Eines meiner Bilder«, sagte Popow. »Ich bin ein sehr guter Maler, müssen Sie wissen. Samuel Stone hat dieses Bild hier in Moskau gesehen und war ganz hingerissen davon. Sicher werden Sie es zu seinen Ehren und zum Gedenken an ihn kaufen wollen.«

Es war ein grausam schlechtes Bild.

»Und wo ist das Ei?« fragte der Anwalt.

Popow war ratlos. »Was denn für ein Ei?«

»Das Fabergé-Ei!«

»Ach so! Ja, da meinen Sie meinen Bruder Iwan. Der hat es!«

»Ihr Bruder hat das Ei?«

»Richtig. Samuel hat es ihm abgekauft.«

»Und wo ist Ihr Bruder?«

»Na, in Moskau. Aber was ist mit meinem Bild hier? Ich mache Ihnen auch einen sehr annehmbaren Preis.«

»Raus hier!« schrie die Witwe. »Sie Betrüger! Sie Gauner! Bevor wir Sie verhaften lassen!«

Popow war sehr irritiert. »Wieso? Ich habe doch nichts verbrochen.«

»Verschwinden Sie, bevor wir die Polizei holen!«

Die sind verrückt, dachte Popow.

Fünf Minuten danach war er fort.

»Na, da können wir das Ei ja wohl vergessen«, meinte der Neffe.

»Stimmt«, sagte die Witwe.

»Absolut«, erklärte auch der Anwalt. »Es ist in Rußland. Hat gar keinen Zweck, wenn es irgendeiner dort aufspüren wollte.«

David hörte ihnen zu und wußte, woher der Wind wehte. Jeder war praktisch schon auf dem Weg nach Rußland!

Am nächsten Tag saßen sie alle in einem russischen Flugzeug nach Moskau. Sie waren einzeln zum Flughafen gekommen und hatten sich erst im Flugzeug getroffen. Jedem war es leicht peinlich, erwischt worden zu sein.

»Nun ja«, sagte die Witwe zu David, »ich hatte eben noch einmal über alles nachgedacht und es mir dann anders überlegt.«

»Genau wie ich«, heuchelte der Neffe. »Ich meine, versuchen kann man es doch.«

»Eben«, sagte der Anwalt, »ganz meine Meinung. Wir haben ja nichts zu verlieren dabei.«

Als sie landeten und durch die Einreisekontrolle waren, fuhren sie zu einem Hotel und begannen, im Telefonbuch nach Iwan Popow zu suchen.

Es gab mehrere.

Der erste, den sie aufsuchten, war ein Metzger. »Wir haben heute kein Fleisch«, sagte er sofort.

»Wir wollen gar kein Fleisch«, flüsterte der Neffe. »Wir wollen das Ei.«

»Eier haben wir auch keine«, sagte der Metzger.

Danach fuhren sie zu einem Obstmarkt. Als sie hineingingen, sagte der Obsthändler sogleich: »Obst ist aus. Kommt morgen wieder.«

»Wir wollen gar kein Obst«, flüsterte diesmal die Witwe. »Wir wollen das Ei.«

»Da müßt ihr zu einem Eierladen gehen. Aber die haben auch keine Eier.«

Ihre nächste Station war ein Schuhgeschäft. »Keine Schuhe«, sagte der Ladenbesitzer. »Schuhe sind aus.«

Hier sagte David nun: »Wir sind eigentlich nicht wegen Schuhen hier. Sondern wir sind auf der Suche nach dem Ei.«

»Sind Sie nicht gescheit? Seit wann kauft man Eier im Schuhgeschäft?«

Der Neffe konstatierte: »Sieht so aus, als wären wir mit unserem Latein am Ende. Das alles ist ein Schuß ins Blaue.«

»Eine Adresse ist immerhin noch übrig«, sagte David.

»Richtig«, bestätigte der Anwalt.

Es war eine Buchhandlung, ein kleiner Laden in einer winzigen Seitenstraße. Draußen stand der Besitzername: Iwan Popow.

Sie gingen hinein. Drinnen saß ein Hüne von Mann hinter der Ladentheke.

»Mr. Popow?« fragte David.

»Ja.« Er musterte sie kurz. »Ihr seid wohl Amerikaner?«

»Richtig«, sagte die Witwe. »Und ich war mit Samuel Stone verheiratet.«

Popows Miene hellte sich sofort auf. »Ah, da seid ihr wohl wegen des Fabergé-Eies gekommen!«

»Haben Sie es?« fragte der Anwalt.

»Gewiß doch. Ich bewahre es für meinen Freund Samuel auf. Er hat es bereits bezahlt. Ich sollte es behalten, bis er wiederkommt. Und keinem außer ihm persönlich geben. Wo ist er denn?«

»Tot ...«, sagte die Witwe.

Aber da unterbrach David sie bereits hastig: »Tod...müde, meint sie! Er erholt sich.«

Die anderen sahen ihn verdutzt an.

»Dann sagen Sie ihm doch einen schönen Gruß«, meinte Iwan Popow, »und daß ich ihn erwarte. Nur ihm persönlich händige ich es aus.«

Die Witwe machte noch einen schwachen Versuch. »Das hat er gesagt?«

»Ja. Er befürchtete, man würde es ihm zu stehlen versuchen. Er sagte wörtlich: Bewahren Sie mir das Ei gut auf, bis ich komme und es mir hole.«

Der Neffe sagte langsam: »Also, Sie würden es niemandem anderen geben?«

»Kommt nicht in Frage«, sagte Iwan Popow. »Sagen Sie Samuel, er soll bald kommen. Ich kann es kaum erwarten, ihn wiederzusehen.«

»Ja, gut, das sagen wir ihm«, erklärte die Witwe schwach.

Dann standen sie niedergeschlagen wieder draußen vor dem Laden und beratschlagten.

»Das wäre es dann wohl«, sagte der Anwalt. »Jetzt können wir genausogut wieder heimfliegen.«

David dachte nach. »Nicht unbedingt«, sagte er dann.

Er hatte sogleich wieder die allgemeine Aufmerksamkeit. »Was meinen Sie damit?«

»Ich habe da eine Idee«, sagte David. »Wir treffen uns im Hotel wieder.«

Und sie sahen ihm nach, wie er davonging, und fragten sich, was er wohl vorhatte.

Wären sie ihm gefolgt, hätten sie festgestellt, daß er in einen Laden für Theaterschminke und -masken ging. Er kaufte dort ein halbes Dutzend Artikel und kehrte anschließend ins Hotel zurück.

Die Witwe war dort bereits beim Packen zum Heimflug, als es an ihrer Tür klopfte. »Augenblick!« rief sie.

Dann ging sie zur Tür und öffnete sie. Draußen stand der leibhaftige Samuel Stone und lächelte sie an. Sie kreischte auf. »Du ... du kannst doch nicht hier sein, du bist tot!«

»Pst!« flüsterte David. Er trat rasch in ihr Zimmer

und machte die Tür hinter sich zu. Die Witwe sah ihn mit offenem Mund an. Er war runtergerissen das Ebenbild ihres verstorbenen Ehemanns. Derselbe Schnurrbart, derselbe Kinnbart, dieselben Koteletten.

»Du siehst genau wie Samuel Stone aus«, stammelte sie schließlich.

»Und wir beide gehen jetzt das Fabergé-Ei holen«, erklärte ihr David.

»Ja, glaubst du denn, du kannst Popow täuschen?« fragte die Witwe.

Eine halbe Stunde darauf betrat David erneut den Buchladen des Iwan Popow. Der stand auf und bekam vor Überraschung den Mund nicht mehr zu. »Samuel!« rief er schließlich. Und er umarmte ihn heftig.

David verstellte seine Stimme tiefer, so daß sie einigermaßen wie Samuel Stone klang. »Schön, dich wiederzusehen, mein lieber Iwan! Hast du das Ei noch?«

»Selbstverständlich, Samuel. Ich habe es die ganze Zeit für dich aufbewahrt, lieber Freund.«

David sah zu, wie Popow zu einem kleinen Panzerschrank in der Ecke ging, ihn öffnete und ein wunderschönes Fabergé-Ei herausholte, das über und über mit Edelsteinen besät war.

»Hier ist es«, sagte Popow. »Nimm es, es ist deines.«

David hielt das Ei bewundernd in der Hand. »Wirklich schön«, sagte er. »Ich danke dir. Aber ich muß gleich wieder gehen, ich muß mein Flugzeug noch kriegen.«

»Komm bald wieder«, sagte Popow.

Die anderen warteten schon draußen.

»Hast du es?« fragte die Witwe begierig.

David hielt es hoch.

»Wunderschön!« rief die Witwe und hielt es selbst in der Hand. »Ich nehme es in Verwahrung.«

David zögerte ein wenig, sagte aber dann: »Na gut, meinetwegen!«

Der Anwalt sah auf die Uhr. »Das nächste Flugzeug geht in einer Stunde. Wenn wir es noch kriegen wollen, müssen wir uns beeilen.«

Als sie am Flughafen waren, sagte der Neffe: »Zeigt das Ei nur nicht her. Sie wollen hier solche Sachen nicht aus dem Land lassen.«

»Keine Sorge«, sagte die Witwe, »das mache ich schon. Ich habe es in meinem Koffer verstaut.«

Sie waren in solcher Eile zum Flughafen gefahren, daß David seine Samuel-Stone-Maske nicht mehr abschminken konnte. Als sie bei der Zollkontrolle waren, sah der Beamte den Paß der Witwe durch und stempelte ihn. Dann nahm er den Paß des Neffen und stempelte ihn ebenfalls. Dann sah er den Paß des Anwalts an und stempelte ihn. Dann sah er den Paß Davids an und dann David und wieder den Paß und erklärte: »Das ist nicht Ihr Paß.«

»Aber selbstverständlich ist er das«, sagte David.

»Aber das ist nicht Ihr Foto. Das ist ein gestohlener Paß.«

Da wurde David plötzlich klar, was los war. Er lachte los. »Nein, nein, das bin ich schon. Hier meine Freunde bestätigen das und bürgen für mich.«

Er wandte sich an die Witwe. »Sag ihm, wer ich bin.«

Und die Witwe sagte: »Diesen Mann habe ich noch nie gesehen.«

David war perplex. »Was redest du da, sag mal?« Und er wandte sich an den Neffen und den Anwalt. »Sagt dem Beamten, wer ich bin!«

Der Neffe sagte: »Ich kenne diesen Mann nicht.«

Der Anwalt sagte: »Nie gesehen.«

»Sie sind verhaftet«, sagte der Beamte zu David.

»Das könnt ihr mir doch nicht antun!« rief David.

Der Beamte trillerte auf seiner Pfeife, woraufhin sofort zwei Polizisten gerannt kamen. »Festhalten den Mann, bis der Chefinspektor kommt«, sagte der Beamte und winkte die anderen drei weiter. »Sie können zu Ihrem Flugzeug gehen.«

»Danke sehr«, flötete die Witwe. Sie und der Neffe und der Anwalt bestiegen ihr Flugzeug und waren sehr zufrieden.

»Jetzt brauchen wir nicht mehr mit David zu teilen«, sagte die Witwe, »und alles ist für uns drei.«

»Gut gemacht«, lobte sie der Anwalt.

David wurde inzwischen in einen Raum eingesperrt.

»Der Chefinspektor kommt gleich«, beschied ihn einer der Polizisten.

Der Zollbeamte eilte inzwischen sehr zufrieden, einen Verbrecher geschnappt zu haben, in das Büro des Chefinspektors. *Vielleicht werde ich dafür befördert,* dachte er. Er zeigte dem Chefinspektor den Paß. »Sehen Sie her«, sagte er, »dieser Mann versucht mit einem falschen Paß aus Rußland zu fliehen. Wahrscheinlich ist er ein gesuchter Schwerverbrecher!«

»Aha«, sagte der Chefinspektor und stand auf. »Gute Arbeit.«

»Der Mann sieht völlig anders aus als auf diesem Paßfoto«, sagte der Beamte. »Wie der glauben konnte, mir würde das nicht auffallen …!«

Sie begaben sich zu dem Raum, in den man David vorerst eingesperrt hatte. David saß auf einem Stuhl mit dem Rücken zu ihnen, als sie eintraten. Als er die Tür aufgehen hörte, drehte er sich um.

Der Zollbeamte stutzte und traute seinen Augen nicht. Davids gesamte Maske mit allen künstlichen Bärten und Haaren war weg.

»Wo ist denn der Mann?«

»Welcher Mann?« fragte David.

Der Chefinspektor musterte ihn eindringlich. »Ist das der Verbrecher«, fragte er seinen Beamten, »den Sie gefangen haben?«

»Nein … ich meine ja … ich …«

Der Chefinspektor verglich den Paß mit David. »Sie sagten doch, er sieht überhaupt nicht aus wie auf dem Paßfoto? Aber er sieht doch genauso aus! Sind Sie nicht ganz klar im Kopf?«

»Anscheinend«, stammelte der Beamte.

Der Chefinspektor sagte zu David: »Rußland entschuldigt sich bei Ihnen.«

»Danke«, sagte David. »Ich hätte gerne mein Flugzeug noch erwischt.«

»Kein Problem. Wir sorgen dafür, daß es auf Sie wartet.«

Zehn Minuten später sahen die Witwe, der Neffe und der Anwalt ungläubig, wie David noch zu ihnen ins Flugzeug stieg.

Na schön, dachte die Witwe, *dann kriegen wir ihn eben nächstes Mal.*

Als sie wieder in Amerika waren, brachten sie das Fabergé-Ei zu einem Kunsthändler und bekamen sechs Millionen Dollar dafür. Die Witwe stürzte sich mit ihrem Anteil sofort in einen Kaufrausch für Kleider und Pelze, der Neffe kaufte sich einen teuren Sportwagen und der Anwalt ein Bürogebäude.

David aber spendete seinen Anteil für wohltätige Zwecke.

12. Kapitel

Und wieder war Montag, der Tag der großen Gelegenheiten, an dem unsere Erben die Chance hatten, noch einmal etwas von dem riesigen Vermögen Samuel Stones zu gewinnen.

Sie saßen beim Frühstück auf der Terrasse.

»Ich hoffe, wir können das heutige Rätsel schnell lösen«, sagte die Witwe. »Ich muß noch eine Menge einkaufen. Ich brauche noch einen weiteren Nerzmantel.«

»Und ich möchte meinen neuen Ferrari ausprobieren«, sagte der Neffe. »Ein Prachtstück. Ihr seid alle zu einer Fahrt eingeladen.«

»Ich möchte raschestens in mein neues Bürogebäude zurück«, sagte der Anwalt. »Das wird mir viele neue Mandanten bringen.«

Und dann sahen sie alle erwartungsvoll David an.

»Mein Anteil am Erlös kam der Wohltätigkeit zugute«, sagte David.

»Ach, du Narr!« sagte der Neffe.

»Mag schon sein«, sagte David achselzuckend, »aber andere Menschen haben dieses Geld nötiger als ich.«

Der Butler kam heraus und sagte: »Entschuldigen Sie, aber es ist Zeit für Samuel Stones Videoband.«

»Ja.« Sie standen auf und begaben sich in die Bibliothek.

»Ich frage mich, was er diesmal aus dem Ärmel zieht«, sagte der Neffe.

»Wir werden es gleich wissen«, sagte der Anwalt.

Sie nahmen ihre üblichen Plätze ein. Der Butler legte das Band in den Videorecorder und stellte an. Samuel Stone erschien wieder auf dem Bildschirm.

»So«, sagte er, »dies ist nun das letzte Mal, daß ihr Hinweise für eine Schatzsuche von mir bekommt. Ich hoffe nur, ihr habt bisher überhaupt nichts gefunden. Der Gedanke, mein Geld an euch verschwenden zu müssen, ist mir ausgesprochen zuwider.« Sein Blick richtete sich auf die Stelle, wo David saß. »Speziell an dich, David. Bei dir muß man ja leider annehmen, daß du das schöne Geld an die bedürftigen Armen verschleuderst. Aber mein Motto ist: Denen, die nichts haben, muß man nicht auch noch etwas geben.« Er seufzte. »Na gut, ich kann ja ohnehin nichts mehr dagegen machen.« Dann kam er zur Sache. »Wenn ihr das heutige Rätsel lösen wollt, müßt ihr ein wenig reisen, aber ihr braucht keinen Paß dafür. Ist auch allmählich Zeit. Fragt Mr. Yamamoto.« Seine Augen wanderten über den ganzen Raum hin. »Und damit wünsche ich euch allen wenig Glück.«

Und der Bildschirm war dunkel.

»Das ist alles?« kreischte die Witwe. »Wir sollen eine Reise ohne Paß machen? Das nennt der einen Hinweis?«

»Wer ist Mr. Yamamoto?« fragte der Neffe. Er wandte sich an den Anwalt: »Ist das vielleicht ein Geschäftspartner von Onkel Samuel gewesen?«

Der Anwalt verneinte kopfschüttelnd. »Nie gehört.«

»So wenig wie ich«, knurrte die Witwe. »Wie, glaubt er, sollen wir mit so mickrigen Hinweisen etwas finden?«

Und wieder einmal war es allein David, der sie beruhigte. »Der erste Schritt ist, Mr. Yamamoto zu finden.«

»Richtig.«

Wieder einmal rannten sie alle zum Telefonbuch. In dem standen mindestens ein halbes Dutzend Yamamotos.

Der Neffe wollte schon gleich wieder als erster los, aber David sagte: »Warte noch. Wenn wir das herausbekommen wollen, sollten wir zusammenhalten. Und wenn wir das Geld finden, teilen wir es redlich. Einverstanden?«

Damit waren, nachdem sie einander angesehen hatten, alle einverstanden.

Die Witwe sagte: »In Ordnung, David, wir spielen fair.« Bei sich aber dachte sie: *Ich muß mir etwas ausdenken, wie ich alle Anteile für mich allein einkassieren kann.*

Der Anwalt nickte. »Sie hat recht, David. Wir wollen gerecht und gleich teilen.« Und bei sich dachte er: *Ich muß mir etwas ausdenken, wie ich alles allein behalten kann.*

Und auch der Neffe sagte: »Wir sind alle zu gleichen

Teilen dabei.« Aber bei sich dachte er: *Nicht, wenn ich es verhindern kann!*

Und damit gingen sie alle los, jeder mit dem Vorsatz, die anderen um ihren Anteil zu betrügen.

Mit Ausnahme von David.

Der erste Yamamoto im Telefonbuch besaß ein Gewächshaus mit Blumen und Pflanzen. Ein untersetzter junger Japaner arbeitete dort, als sie ankamen.

»Mr. Yamamoto?« fragte der Anwalt.

Der Mann blickte auf. »Ja?«

Der Anwalt wußte nicht so recht, wie er beginnen sollte. »Wir sind hier, weil ...«

»Sie möchten Pflanzen kaufen?«

»Nicht eigentlich«, sagte die Witwe. »Samuel Stone schickt uns. Sie kennen Mr. Stone doch, nicht wahr?«

»Bedaure, nein.«

Sie sahen einander an. »Na gut, keine Ursache. Vielen Dank.«

Die zweite Adresse war die Holzverarbeitungsfirma Yamamoto. Ein hünenhafter Japaner lud Baumstämme auf einen Laster.

»Mr. Yamamoto?«

Er wandte sich um. »Ja?«

Der Anwalt führte wieder das Wort. »Wir sind Freunde von Samuel Stone.«

Der Japaner musterte sie. »Ja, und was wollen Sie?«

Die Witwe sagte: »Wir wollen das, was Sie von Mr. Stone in Verwahrung haben.«

»Keine Ahnung, wovon Sie reden«, sagte dieser Mr. Yamamoto. »Ich habe noch nie etwas von einem Samuel Stone gehört.«

Auch ihre nächste Station brachte sie nicht weiter. Es war ein Restaurant, und der Inhaber Yamamoto war gerade mit der Zubereitung von Sushi beschäftigt.

»Tja«, sagte er, »ich habe eine Menge Gäste, aber von einem Samuel Stone habe ich noch nie etwas gehört.«

Da standen sie wieder mit leeren Händen da.

»Jetzt haben wir nur noch eine Adresse«, sagte David.

Die Adresse des letzten Yamamoto auf ihrer Liste war ein College. Als sie dort ankamen, wurden sie in ein Zimmer in einem der zu dem College gehörenden Gebäude geführt. Bei ihrem Eintritt in eines der Klassenzimmer sahen sie sich einem kleinen, alten Herrn gegenüber, der an einem Schreibtisch saß und schrieb.

»Entschuldigen Sie die Störung«, sagte David.

Mr. Yamamoto blickte auf. »Ja? Kann ich etwas für Sie tun?«

»Das wissen wir nicht genau«, sagte David, der sich in dem Klassenzimmer umsah. Er dachte: *Also, an Colleges war Samuel Stone ja nun nicht gerade interessiert.* Vermutlich waren sie hier ebenfalls wieder an der falschen Adresse. »Sie haben nicht zufällig Samuel Stone gekannt?« fragte er dann.

Der alte Herr stand auf. »Ach so, Sie kommen von Samuel Stone?«

Die Witwe fragte sogleich drängend: »Sie kennen ihn also?«

»Sehr gut sogar. Samuel Stone hat eine meiner Erfindungen finanziert. Sie ist fast fertig. Ich war sehr betrübt, als ich von seinem Tod las. Er hat sie nie mehr gesehen.«

»Nun ja«, sagte der Anwalt, »dies hier sind seine Erben. Also gehört diese Erfindung jetzt ihnen.«

»Können wir sie mal sehen?« fragte der Neffe neugierig. »Haben Sie sie hier?«

Die Witwe war sofort sehr viel direkter. »Wieviel ist sie wert?«

Doch Mr. Yamamoto sagte achselzuckend: »Schwer zu sagen. Genaugenommen ist sie unbezahlbar.«

»Habt ihr das gehört?« rief der Neffe. »Unbezahlbar!« Und er sah bereits im Geiste vor sich ganze Armeen von Autos, schönen Mädchen und Jachten.

»Könnten wir also mal einen Blick darauf werfen?« fragte David.

Der kleine alte Mann verbeugte sich. »Gewiß doch, da sie nun Ihnen gehört. Wenn Sie mir bitte folgen wollen.«

Sie folgten ihm hinaus und durch einen langen Korridor bis zu einer großen Garage. In deren Mitte stand ein Auto. Es sah alt, staubig und abgefahren aus.

»Hier«, sagte Mr. Yamamoto.

»Was denn?« stammelte der Neffe, als er den Mund wieder zubrachte. »Das nennen Sie eine Erfindung?

Das dürfte eine der häßlichsten Blechkisten von Auto sein, die ich je gesehen habe.«

»Es ist ein ganz besonderes Auto«, sagte Mr. Yamamoto.

Aber auch die Witwe höhnte: »Unbezahlbar, wie? Wenn man für dieses Wrack noch hundert Dollar bekommt, muß man froh sein.« Sie wandte sich angewidert den anderen zu. »Das ist so typisch Samuels Idee von einem schlechten Scherz. Auf unsere Kosten!« Zu dem Professor sagte sie: »Wenn Samuel Ihnen für den Zusammenbau dieses Schrotthaufens mehr als hundert Dollar gab, haben Sie ihn sauber hereingelegt.«

Der Neffe meinte: »Na ja, zumindest können wir das Ding zum Heimfahren benutzen.«

»Ach«, schimpfte die Witwe, »den Kasten möchte ich nicht einmal vor dem Haus geparkt wissen. Was sollen die Nachbarn denken? Daß wir schon auf dem letzten Loch pfeifen?«

Aber dann stiegen sie doch nacheinander ein. Der Neffe saß am Steuer.

»Ich erkläre Ihnen, wie es funktioniert«, sagte Mr. Yamamoto.

»Ach was, ich fahre seit Jahren«, tat ihn der Neffe ab. »Ich brauche keine Erklärungen. Leben Sie wohl, Professor!«

Und er drehte den Zündschlüssel um.

Eine Rauchwolke puffte hoch, und etwas donnerte und röhrte los, als hätte sich der Himmel aufgetan. Und sie fanden sich im Weltraum, taumelnd und sich endlos überschlagend. Es schien überhaupt nicht mehr aufzuhören.

Bis es dann einen plötzlichen Ruck gab.

Sie standen auf einem großen Feld, und Leute in Toga und mit Pferdewagen kamen ihnen entgegengeeilt.

»Wo sind wir?« begehrte die Witwe zu wissen.

David sah sich um. »Ich würde sagen, im Kolosseum des Alten Rom.« Er blickte auf ihr seltsames Fahrzeug. »Das hier ist eine Zeitmaschine!«

»Mach keine faulen Witze!« rief der Neffe.

Die ersten Pferdewagen waren bei ihnen angekommen. »Was ist denn das? Was seid ihr für Leute?«

»Wir sind Besucher«, sagte der Anwalt, der seine Angst zu verbergen suchte.

»Warum seid ihr so seltsam gekleidet, ihr Besucher?« fragte der Anführer und sagte zu seinen Leuten: »Nehmt sie fest!«

Und so fanden sich alle vier gefesselt und in den Kerker abgeführt.

»Ich werde dem großen Cäsar von euch berichten«, sagte der Anführer. »Dann kann er selbst entscheiden, was mit euch geschehen soll.« Und er ließ sie allein.

Außer ihnen war niemand in ihrem Verlies.

»Warum hat Mr. Yamamoto denn nichts davon gesagt, daß seine Erfindung eine Zeitmaschine ist?« jammerte der Neffe.

»Weil du ihm gar keine Zeit dazu gelassen hast!« fauchte ihn die Witwe an. »Er wollte dir doch erklären, wie es funktioniert. Aber nein, du wußtest ja alles, nicht?«

»Was sie hier wohl mit uns machen?« fragte der Anwalt.

Auch David dachte darüber nach. Würde man ihnen ihre Geschichte glauben? »Ich weiß nicht«, antwortete er dem Anwalt. »Ich denke, sie werden uns freilassen.«

Nach einer Stunde kam der Wachhabende wieder. Er lächelte ihnen zu. »Ich habe mit dem großen Cäsar gesprochen«, sagte er. »Er läßt euch hinaus.«

»Oh, das ist wunderbar!« rief die Witwe. »Übermitteln Sie ihm doch unbedingt unseren Dank!«

»Folgt mir!« sagte der Wachhabende.

»Da haben wir Glück gehabt«, sagte der Neffe. »Ich dachte schon, sie haben etwas Schlimmes mit uns vor. Ihr wißt doch, diese alten Römer gelten als ziemliche Barbaren!«

Der Wachhabende führte sie direkt in die Arena. Die Ränge waren voller Menschen. »Wartet hier«, sagte er.

»Vielen herzlichen Dank«, erklärte der Anwalt. »Wenn wir jemals etwas für Sie tun können …«

»Kommt«, sagte die Witwe. »Machen wir, daß wir wegkommen.«

Als sie durch die Arena gingen, öffnete sich am anderen Ende ein Käfig, und daraus kamen vier Löwen hervor.

»Sie sehen aus wie Löwen«, sagte die Witwe. »Das muß hier so eine Art Zoo sein, oder?«

David blickte auf die jubelnde Menschenmenge und wurde blaß. »Sie werfen uns den Löwen vor!« sagte er.

»Was?« kreischte die Witwe. »Das können sie doch nicht machen!«

»Haben sie aber gerade gemacht«, sagte der Anwalt.

Die Löwen kamen bereits auf sie zu.

David sah sich um. In der ersten Reihe saß ein Mann in einer Toga mit einer goldenen Krone auf dem Kopf. »Das muß Cäsar sein«, sagte er.

Die Löwen kamen schnell näher.

»Die fressen uns!« schrie die Witwe.

David rannte auf die Loge Cäsars zu und sagte zu ihm: »Großer Cäsar, wenn du uns von den Löwen fressen läßt, kostet dich dies das Lösegeld für einen König in Gold!«

»Wovon redest du?« sagte Cäsar streng.

»Wir haben Gold mitgebracht. Tonnenweise.«

Cäsars Miene wurde freundlicher. »Tonnenweise?«

»Ja. Laß die Löwen wegschaffen.«

Cäsar rief den Wachhabenden. »Laß die Löwen wegschaffen.«

»Ja, mächtiger Cäsar!«

David wartete, bis die berittenen Soldaten die Löwen zurück in ihren Käfig getrieben hatten.

»Also«, sagte Cäsar, »zeige mir dein Gold!«

»Es ist in dem Automobil, in dem wir gekommen sind.«

Cäsar sah ihn verdutzt an. »Automobil? Was ist das?«

Jetzt wurde David erst wieder bewußt, daß in dieser Zeit das Auto ja noch gar nicht erfunden war.

»Ich zeige es dir, hoher Herr, wenn deine Leute mich dorthin bringen, wo wir angekommen sind.«

Cäsar gab seinem Wachhabenden einen entsprechenden Befehl. »Bringe sie dorthin, wo ihr sie aufgegriffen habt, aber behaltet sie im Auge. Ich will dieses Gold haben. Haben sie keines, dann bringt sie hierher zurück, und sie werden den Löwen vorgeworfen.«

»Was tust du denn da?« flüsterte der Neffe David zu. »Wir haben doch gar kein Gold!«

»Sie bringen uns alle in Teufels Küche!« zischte auch der Anwalt.

David aber sagte nur: »Pst! Laßt mich nur machen.«

Man brachte sie wieder zu ihrem Automobil. Die Soldaten beäugten es total verständnislos. Das war schon ein sehr eigenartiges Gebilde.

»Also, wo ist das Gold?« fragte der Wachhabende.

»Gleich!« sagte David. Er bedeutete den anderen einzusteigen. Der Neffe saß wieder am Steuer.

»Jetzt!« sagte David.

Der Neffe drückte auf den Anlasser.

Aber nichts geschah.

»Wo das Gold ist, habe ich gefragt?« forschte der Wachhabende bereits ungeduldig.

»Kommt ja gleich!« sagte David.

Der Neffe drückte auf einen anderen Knopf.

Wieder passierte nichts.

Er drückte sämtliche Knöpfe.

Dem Wachhabenden wurde es zu dumm. »Gut«, sagte er, »aussteigen, alle. Zurück zu den Löwen.«

Schließlich drückte der Neffe auch noch auf den allerletzten Knopf, den es gab.

Und eine Rauchwolke puffte heraus, und das Auto verschwand.

Die Wachen starrten wie vor den Kopf geschlagen auf die Stelle, wo eben noch das Auto gewesen war.

Die vier aber wirbelten wieder durch Zeit und Raum, und in ihren Ohren dröhnte es.

»Sind wir auf dem Heimweg?« rief die Witwe.

»Wie soll ich das wissen?« rief der Neffe zurück. »So ein Ding habe ich schließlich noch nie gefahren.«

Dann gab es einen Plopp, und sie standen.

»Gott sei Dank!« sagte der Anwalt. »Wir sind gerettet.«

Aber als er aufblickte, sah er einen riesigen Dinosaurier, dessen Kopf hoch oben in der Luft war, auf sie zukommen.

»Um Himmels willen, seht euch das an!« schrie die Witwe. »Wir sind in der Steinzeit gelandet!« Und der Neffe bekam ihre Ansicht gleich wieder zu hören: »Du und deine Fahrkünste!«

»Wir machen besser, daß wir fortkommen!« sagte David.

Der Neffe drückte hektisch auf allen möglichen Knöpfen herum, doch es passierte gar nichts. Und der Dinosaurier kam bereits bedrohlich näher.

»Rennt um euer Leben!« schrie der Anwalt.

Alle sprangen aus dem Automobil und flüchteten, so schnell sie konnten, in den Dschungel. Das Gras wuchs höher, als ihre Köpfe waren, die Bäume schienen direkt in den Himmel zu reichen.

»Also so hat die Welt vor Tausenden Jahren ausgesehen«, sagte David bewundernd.

Und dann standen ihnen plötzlich ein halbes Dutzend Steinzeithöhlenmenschen gegenüber. Sie stießen böse, bedrohliche Laute aus und trugen schwere Keulen. Und kamen immer näher.

»Wir sind Freunde!« rief ihnen David laut entgegen. Aber die Höhlenmenschen verstanden sie natürlich nicht. Noch war ja die Sprache nicht erfunden. David hob in einer Geste des Ergebens die Hände hoch. Aber einer von den Höhlenmenschen schlug ihm einfach seine Keule auf den Kopf, und den anderen ging es genauso.

Sie kamen erst in einer Höhle wieder zu sich. Lauter Höhlenmenschen, auch Frauen, standen um sie herum und ließen sie nicht aus den Augen. Einer fraß rohes Fleisch von einem Tier, das sie gerade getötet hatten.

Sie hörten die seltsamen Geräusche des Dschungels draußen und merkten, wie die Höhlenmenschen begierige, hungrige Blicke auf sie warfen. Einer faßte die Witwe am Arm an, um zu sehen, ob sie auch gut im Fleisch sei. Er leckte sich bereits die Lippen.

»Die wollen uns fressen!« schrie die Witwe und sagte zu David: »Du bist doch immer der große Gescheite! Tu etwas! Sag denen, wer wir sind!«

»Wie denn?« antwortete David. »Die haben doch noch gar keine Sprache!«

Es kamen ständig mehr Höhlenmenschen herein und stellten sich um sie herum.

»Sie haben etwas vor!« sagte der Neffe. »Wahrscheinlich wollen sie uns umbringen.«

»Das ist gesetzlich verboten!« protestierte der Anwalt.

Der größte Höhlenmensch kam näher und hob drohend seine Keule.

»Jetzt ist es soweit!« schrie die Witwe. »Wir müssen sterben!«

Aber genau jetzt hatte David eine Eingebung. Er griff in die Tasche, holte sein Feuerzeug heraus und zündete es an. Die Flamme sprang auf, und die Höhlenmenschen wichen angstvoll zurück. David ließ die Flamme ausgehen und schnippte sie dann wieder an. Die Höhlenmenschen wichen noch weiter zurück und stießen seltsame, kehlige Laute aus.

»Wir sind Götter!« sagte David zu ihnen, »und wenn ihr nicht weggeht, vernichten wir euch!«

Die Wörter verstanden sie zwar nicht, aber sie verstanden, daß diese seltsamen Fremden Feuer aus ihrer Hosentasche holen konnten. Und sie waren verängstigt. Sie begannen, sich ehrfürchtig vor ihnen zu verbeugen.

»Schon besser«, sagte David und stand auf. »Und jetzt weg von hier.«

Sie gingen zurück in den Dschungel. Die Höhlenmenschen und ihre Frauen folgten ihnen.

Sie sahen Riesenvögel am Himmel, gewaltige Tiere und noch mehr Dinosaurier. Das Gebrüll dieser Kreaturen war ohrenbetäubend. Die vier schafften es durch den Dschungel bis auf die Lichtung zu ihrem Automobil und stiegen ein.

»Rasch!« drängte die Witwe. »Nichts wie weg.«

Der Neffe setzte sich ans Steuer und drückte alle Knöpfe, und wieder passierte nichts.

Eine fast drei Meter hohe Echse kam auf sie zu und züngelte heftig.

»Nun beeile dich doch endlich!« rief die Witwe in Angst.

»Ich versuche es ja!« sagte der Neffe. »Ich versuche es.«

Heftig drückte er weiter die Knöpfe.

Die Echse kam immer näher, sie konnten schon ihren heißen Atem spüren. Und gerade, als sie zu ihnen in den Wagen klettern wollte, fand der Neffe endlich doch noch den richtigen Knopf. Es gab einen Rauchblitz, und sie waren verschwunden.

Auch dieses Mal sahen sie sich durch Raum und Zeit purzeln und hörten das laute Dröhnen um sich herum.

»Sind wir jetzt auf dem Heimweg?« fragte die Witwe.

»Ich weiß es nicht!« antwortete der Neffe.

Just in diesem Augenblick landeten sie mit einem Plumps.

»Zumindest sind wir jetzt in Sicherheit«, sagte der Anwalt.

Sie sahen sich um.

Aber da kamen kleine, grüne Männchen auf sie zu.

»Großer Gott!« stammelte der Neffe. »Wir sind auf dem Mars!«

Sie sahen zum Himmel empor. Dort sauste gerade eine fliegende Untertasse vorüber.

»Ob dies der Mars ist, weiß ich nicht«, sagte David. »Aber jedenfalls sind wir auf einem merkwürdigen Planeten. Ich habe stark den Eindruck, wir sind in der Zukunft.«

»Ganz egal, was es ist«, sagte die Witwe, »mir gefällt es jedenfalls nicht. Ich will nach Hause.«

Die kleinen, grünen Männchen waren schon ganz nahe. Sie hatten den Mund offen, aber es kam kein Ton heraus. Doch eigenartigerweise konnte man trotzdem verstehen, was sie dachten.

Einer dachte: *Aha, wir haben Besuch.*

Der zweite: *Wir wollen sie heute abend bei unserem Bankett haben.*

»Na, ist das etwa nicht nett?« sagte der Anwalt. »Sie laden uns zu einem Bankett ein.«

Das dritte der grünen Männchen aber dachte: *Sie werden köstlich schmecken.*

Die Witwe kreischte auf: »Wieso wollen uns alle überall auffressen?«

David versuchte den grünen Männchen seinerseits etwas zuzudenken. *Wir kommen als Freunde. Wir tun euch nichts.*

Das erste grüne Männchen jedoch dachte: *Die Frau hebe ich mir als Nachspeise auf.*

Das zweite grüne Männchen dachte: *Kommt erst mal aus eurem Gerät da heraus.*

»Nicht aussteigen!« warnte David sofort die anderen.

Die grünen Männchen waren fast schon über ihnen.

»Schnell!« warnte David. Er schob den Neffen beiseite, setzte sich selbst ans Steuer und fing an, die Knöpfe des Armaturenbretts zu drücken.

Eine Rauchwolke und ein Lichtblitz, und sie waren verschwunden.

Mist, dachten die kleinen, grünen Männchen, *da geht unser Abendessen hin.*

Erneut wirbelten und purzelten sie durch Raum und Zeit mit dem dröhnenden Getöse des Weltalls um sich herum.

»Ich halte das nicht mehr aus!« jammerte die Witwe.

»Bitte, ich will nach Hause! Es ist mir egal, ob ich jemals noch einen einzigen Dollar vom Erbe Samuel Stones sehe oder nicht. Meinetwegen könnt ihr alles haben!«

»Ich auch!« rief der Neffe. »Meinen Anteil könnt ihr ebenfalls haben!«

»Auch ich will einfach nur nach Hause!« sagte der Anwalt. »Meinen Anteil schenke ich euch!«

Sie rasten immer schneller, bis ihnen allen schon ganz schwindlig war. Und dann riß auf einmal der Himmel auf, und sie landeten mit einem Ruck. Und nun waren sie wieder in der Garage, wo ihre Zeitreise begonnen hatte, und da stand auch Mr. Yamamoto und erwartete sie.

»Geschafft!« rief die Witwe aus. »Wir haben es geschafft! Wir sind wieder da, und wir sind reich, reich!«

»Wir erlösen bestimmt Millionen für diese Maschine!«

»Hunderte Millionen!« verbesserte der Anwalt.

»Moment mal!« sagte David. »Gerade habt ihr alle noch gesagt, daß alles Geld mir gehört!«

»Ja, aber das war doch nur, als wir dachten, wir müßten sterben«, sagte die Witwe unschuldig.

»Tut mir sehr leid«, sagte David. »Aber alles, was ich dafür erlöse, kommt der Wohltätigkeit zugute.«

»Sie meinen, Sie wollen alles spenden?« erkundigte sich der Anwalt ganz entsetzt.

»So ist es«, sagte David.

»Hat Ihnen die Fahrt gefallen?« fragte Mr. Yamamoto.

»Es war sehr interessant«, sagte David. »Interessant und lehrreich. Was haben Sie mit der Maschine vor?«

»Die Universität will sie kaufen«, erläuterte Mr. Yamamoto. »Sie wollen damit experimentieren und weitere bauen.«

»Wieviel wollen sie dafür geben?« fragte David.

»Sie haben zehn Millionen Dollar angeboten.«

»Sagen Sie, ich akzeptiere.«

Die Witwe starrte ihn sprachlos an. »Soll das etwa heißen, Sie wollen alles für sich behalten?«

»Nicht für mich«, berichtigte sie David. »Sondern für diejenigen, die es nötiger haben als ich.«

Es war früher Morgen. Sie konnten es David nicht mehr ausreden. Er erhielt die zehn Millionen Dollar und spendete sie der Stiftung Samuel Stone für die Obdachlosen.

Das war nun alles, was ihnen vom ganzen Vermögen Samuel Stones geblieben war.

»Er muß sich schön amüsiert haben«, sagte die Witwe verbittert, »wenn er zugesehen hat, welchen Mühen wir uns unterzogen haben.«

»Da bin ich ganz sicher«, lächelte David.

Und hatte völlig recht damit.